COOL-GIRL

XXXXX

又Coolgirl配绝地求生

A 小 姐 主 编

长江出版社
CHANGJIANGPRESS

漫娱图书

拒绝定义

COOL GIRL~

☰　　　　　　　　　　　　　　⚙

吴棠

大家总说我很酷，我真的不觉得 😊，
你们心目中的酷女孩儿什么样？

2020 年 6 月 13 日来自 iphone　　　举报 赞 264 评论 10 转发 更多

👍 举个 Liz 叽、今日也不想搬砖等 264 人觉得很赞　　　💬

波波比
不用鸡汤麻痹自己，不用诗句装文艺，自信满满。

2020-6-13　回复

嗜睡市民
独立自主，能够做真实的自我！

2020-6-13　回复

快乐甜味剂

不被世俗眼光所困扰，不让自己活在别人的嘴里。

2020-6-13　回复

叮铃个铛

知道自己喜欢什么，并为之向前努力。

2020-6-13　回复

空之回响

做事果断自信，勇于尝试，不理会周边不好的信息，认真做自己的事。

2020-6-13　回复

用剑的魔导师

做一些自己原本不敢做但很疯狂的事，挺酷的。

2020-6-13　回复

鬼束龙小花

自信的青春都很酷。

2020-6-13　回复

Hanaaaaa

感觉身体里会爆发出巨大能量的人很酷。

2020-6-13　回复

阿白酱

认同自己的同时又不断挑战、战胜自己。

2020-6-13　回复

艾露尼斯

有勇气做任何想做的事情。

2020-6-13　回复

☰　　　　　　　　　　　　　　　　　　⚙

吴棠

今天追加一个问题↓↓↓↓↓↓↓↓↓
遇到什么场景会让你觉得很酷?

2020 年 6 月 14 日来自 iphone　　　　　举报 赞 378 评论 12 转发 更多

👍 怄气小天使、艾露尼斯等 378 人觉得很赞

梦影 mmr
和被校园霸凌的同学做朋友。害怕过，但我
理解她。
　　　　　　　　　　　　　　　2020-6-14　回复

坚强的胡萝卜 SSS
有阵子不知道怎么想的，放学后沿着回家的路
捡了一路的垃圾，顺手丢到每隔五十米就出现
的垃圾桶里。

2020-6-14　回复

Olderrs
保护过因为智力被欺负的同学一年。
　　　　　　　　　　　　　　2020-6-14　回复

彪悍的阿飘
大概就是初中为了给好友过生日送了一只自家
的鸡给她，没让家里任何人发现。

2020-6-14　回复

三姐是小胖的戴戴
初三有一天和同桌下去拿药，碰到一个在
楼梯哭的高年级姐姐，我俩给她递纸巾，
坐在她旁边陪了她一会儿。
　　　　　　　　　　　　　2020-6-14　回复

LiL 潮雪柠檬
教室里突然出现一只蟑螂，几个女孩都被吓得尖叫，一个女孩从容地拿了一张纸拍死它并把尸体丢到垃圾桶，觉得她挺酷的。

Wookie
高中参加运动会，女子 3 千米长跑，一共有 13 人参加，跑了第九名。但那是人生唯一一次参加运动会，我十分珍惜。

当地较能吃的姑娘
说服即将辍学的女同学的家长，同意让她继续念书。

举个 Liz 叭
突然很认真地跟我爸妈说：我不玩了，我会努力读书的。

3 分糖去冰 _
被"渣男"欺负了，闺蜜拉着我去跟"渣男"当面对质，把他大骂了一顿，那时候觉得闺蜜是我见过的最酷的女孩子。

鬼束龙小花
一个人徒步探险、旅行，让人觉得又酷又向往。

快乐甜味剂
有很多的爱好，每次说起那些爱好都很兴奋很开心，眼睛里仿佛有光，就觉得挺酷的。

飒到你

COOL GIRL 우우우

coolcool 小姐姐等你来 pick

JIE

姐姐来啦

这个世界的大姐姐千千万
哪一种类型最戳中你呢？

///COOLCOOL 小姐姐等你来 pick//

JIEJIE
COMING SOON

假如你是一个姐控，
现在有几位姐姐在同一天邀请你，
你会答应_____

CoolgirL

COOL GIRL
TO YOU

cool girl

cool girl

cool girl

cool girl

cool girl

A

#霸气阿姐#

#足智多谋#

喜欢吃冰糖葫芦吗？
阿姐带你去北京吃最好吃的
冰糖葫芦。

#运筹帷幄#

#极具军事才能#

Coming soon

COOL GIRL ♀

COOL GIRL

B

 # 爱草莓 #

 # 温暖随性 #

知道你不高兴，给你做了好吃的～
餐后水果是我亲手种的草莓，
很甜的哦。

 # 邻家大姐姐 #
 # 厨艺一流 #

C

 # 建王朝 #

 # 杀饿狼 #

 # 不走寻常路公主 #

走吧，
带你去看看我打下来的江山！

COOL GIRL

cool girl ♡ cool girl
cool girl
cool girl cool girl

D

演技派大姐姐

可盐可甜

有颜值有才华

耀眼的存在

以后啊，遇到喜欢的人
一定要勇敢说出来，
错过了就再也找不到啦。

Coming soon

做好选择了吗？
带着你的选择来走进她们的故事吧。

A → 240   B → 012
C → 102   D → 066

目录 CONTENTS

~ REFUSING TO ~
~ HONOR QUEEN'S OWN JR

COOL GIRL

REFUSING TO DEFINE WHO I AM MAKE

我必须逃，逃离母亲
也逃离顾年。

. P R I S O N E R

P R I S O N E R

PRISONER

.PRISON

Prisoner

囚徒

文／\/\/\ 时我

#

.THE PRI

○○ ○ · · ·

↑ ← ↓ ↘

PRISONER .PRISONER .PRISONER

CO⌒L GIRL

囚徒

文 ∨∨∨ 时我

楔子

人们总有把所有节日都过成情人节的本事，就比如今天，圣诞节的电影院里都是结伴的男女。我裹紧羽绒服坐在影院大厅里等人，但拿着两张票等了许久，过了入场时间，等的人都还没来。

从远处走来了一个穿西装、戴墨镜的男人。他拿着一根盲杖，摸着椅背在我身旁的座椅上坐下。这里原本坐着一对情侣，扶手上留下了他们没喝完的奶茶，我赶忙拿走奶茶丢进了身旁的垃圾箱。

"谢谢。"

男人身形笔挺，被墨镜遮住的半张脸线条分明。仿佛看得见一般，他在我拿走奶茶后冲我道谢。他的声音悦耳好听，拿盲杖的手指白皙修长。我注意到他穿了一双锃亮的皮鞋，鞋上没一点灰尘。这可和我等的那位大不一样，那位不是在试验田就是在去试验田的路上，鞋子上常有泥土，洗都洗不过来。

"等的人还没来？"男人仿佛知道我的心事，笑了，"我也在等人。"

耳边是欢快悦耳的《铃儿响叮当》，来来往往的人从我面前走过。

静默地坐了会儿，他缓缓转过头来："在等的人来之前，你愿意听我讲个故事吗？"

圣诞节来电影院，电影还没看着，先遇到了一个要跟我讲故事的人。不过，反正闲来无事，听听也无妨。

"你知道斯德哥尔摩综合征吗？一种对加害者产生依赖心理的病症。"男人扶着盲杖，面朝远方，"七年前，我得了这种病。那年我二十岁，我被一个我最厌恶的人绑架了……"

01他的故事

他被绑架了，关在一个不足十平方米的房间里，周围一片都是些年老失修的旧房子，隔音效果很差，时不时能听见夫妇间的谩骂和婴儿的啼哭。空间逼仄狭窄，楼与楼之间贴得极近，常年见不到阳光。墙壁渗下污水，被褥散发霉味。

王青燕推门进来拿他换洗的衣物，期间像是不经意地朝他看了一眼，那一眼让他想起了一种两栖动物，癞蛤蟆。

怎么有人能这么像癞蛤蟆呢？这种饱含爱意又小心翼翼的眼神他见过很多，但王青燕的最让他反胃。毫无自知之明，寡廉鲜耻，就像阴沟里的臭虫，隐匿于阴暗之中。这种被人窥探的感觉让他极度厌烦。

他生性情感淡漠，很少会有极端的情绪，王青燕是其中一个例外。他很早就知道王青燕爱慕自己，但爱慕到做出绑架囚禁的事情，这让他感到恶心。

王青燕出去时把门关上了，房间里再度陷入昏暗，不一会儿外面就传来了滚筒洗衣机运转的轰鸣声。

晚上七点的时候，客厅里又准时传来了新闻联播的声音。

他从房间出来，王青燕刚洗完头，正坐在客厅的木制沙发凉椅上，边擦头发边听主持人一本正经地讲国家大事。

花盆旁放着烧了一半的蚊香，王青燕湿漉漉的头发披散着，身上穿着的是打折时买来的工字背心和廉价的男士居家短裤。完全不像刚满十八岁的女子，丝毫没有女人的矜持。

余光瞥见他，王青燕的动作微微停顿了一下，然后继续目不斜视地看电视。

他强忍着恶心走进厨房，灶台上摆着刚做好的晚饭。但他恍若未见，拿了矿泉水就又回房了。

果然，没过一会儿就响起了敲门声。

王青燕站在门外："我做了饭，你吃点儿吧。"

他充耳不闻。

敲门声继续，他依旧没反应。

又过了几分钟，在未经允许下房门被打开了。

终于，王青燕的目光让他再也无法忍受："出去！"

他早已习惯于压抑自己的感情，就算对着极其厌恶反感的王青燕，除了冷声让她离开，他不想也不属于做出其他的行为。

可在眼前的形势下，他命令的口吻显得毫无底气，甚至因为多日蜗居在这阴暗潮湿的环境内，声音也显得有些虚弱，气势严重不足。

只有那双眼睛，他的眼神比以往任何时候都要冰冷淡漠。

王青燕无声放下饭菜，准备离开，但迈出半步后，她又仿佛下定决心似的转过头来。

她说："吃了这些，你才有机会离开。"

王青燕对他想离开这件事心知肚明。可他知道不管他吃不吃这顿饭，他都根本无法离开这里。家里破产了，他的眼睛也几近失明。他现在住的是王青燕的房子，靠王青燕打工赚钱养活。

王青燕绑架了他，用他曾经最不缺也最不屑的金钱把他束缚在了她的身边。

02他的故事

他是在一阵喧哗声中醒来的。

他最终还是因为体力不支被送进了医院。

隔壁床的病友把电视声音调到最大，电视里正在转播一则国际小提琴赛事。画面背景是庄严肃穆的莫斯科柴可夫斯基音乐学院大厅，一个妆容精致的女生出现在屏幕正中央。她样貌出众，举止自信优雅。主持人骄傲地宣布她打破了1998年的记录，获得了国人在此等国际赛事中有史以来最好的成绩。

女主持人神色激动地对此次荣誉的获得者做详尽介绍："杜梓曦，二十岁，出生于S市，六岁学琴，这已经是她第七次在国际赛上取得优异成绩了，第一次是在法国……"

女主持人还没感慨完，下一秒画面就被切断了。他关了电视，躺回病床。

病友撸起袖子准备大吵一架，接着就被推门进来的王青燕软声劝住。

其实王青燕很少会表现出柔软的一面，但他那时候没有注意，他心里只有刚刚出现在电视里的那个名字——杜梓曦。

杜梓曦是音乐才女，七次在国际赛事上取得优异成绩，第一次是在法国，第二次是在芬兰。在芬兰那次杜梓曦才十八岁，与她搭档的钢琴演奏者也十八岁。除此之外，那位钢琴演奏者还有一个身份——杜梓曦青梅竹马的男友——一个曾被寄予厚望的钢琴天才。

他还记得那是一个夏天，她拉小提琴，他弹钢琴，两人一起在国际舞台上斩获荣誉。他们就像钢琴与小提琴组成的协奏曲，曾如此和谐般配。

直到数月前杜梓曦向他提出了分手。

他想过放下所有尊严去找她，可现在他已经失去了这个资格。

王青燕在他床边坐下，从保温袋里拿出饭盒递给他，他扭头不接。

王青燕打开饭盒舀了一勺粥喂到他嘴边，他依旧不吃。

他心里明白，再这么下去他就得去急救室了。但他仍不愿吃下这口饭，这是屈辱，他咽不下。

他知道王青燕也在忍，在等他服软。可眼下看来，王青燕并没有多少耐心。

"医生说你得吃饭。"王青燕又递来一口粥，语气明显僵硬了不少。

他打掉她的手："走开！"

他看见王青燕的眼神变了，他知道王青燕就快忍不住了。

隔壁的病友看不过去："姑娘你管他干吗？就饿他几天，看他还吃不吃！就不能惯着他！"

是呀，就像驯狗一样饿着他，在他落魄的时候驯服他，这不就是王青燕想做的吗？

他以为王青燕会露出真面目，用住所等条件威胁他，逼迫他就范。但她没有，而是选择以一种更加阴狠的方式令他屈服。

王青燕擦了擦手上的粥，平静地安抚了病友。然后掰过他的脑袋，在病友震惊的目光下，对着他虚弱苍白的脸，迎上他疑惑又厌烦的冰冷眼神，笔直地、精准地吻了下去，这个吻生疏、凶狠，像是在报复……

吻完，她一抹嘴，重新把电视机打开。电视上还在播放杜梓曦获奖的新闻。

"继续看，继续看……"王青燕笑呵呵地把遥控器递给病友，然后扭头对床上的他露齿一笑，"你看你前女友又得奖了呢，可真厉害呀，你不为她高兴吗？"

他从她的眼神中看到了恶毒。

03他的故事

他开始吃饭了，吃饭无法逃离这里，但可以让他推开王青燕这个寡廉鲜耻的女人。

王青燕却变本加厉，她把房门给拆了，从客厅看去，他的房间一览无余。她在监视他，时时刻刻都在监视他。同样，他也时刻都能看见她在客厅里来回走动的身影。

"出来吃饭。"

这一天，王青燕直接把饭菜摆上桌，而不是端进房间。

他不动，王青燕就用手机放音乐——《贝多芬第一交响乐》第一乐章，他参加比赛时的常用曲目。

他愤怒地出来，王青燕才按下暂停键，刺耳的音乐瞬间消失。

王青燕神态自若地给他拿来碗筷，然后转身给窗台上的盆栽浇了水，又坐回到餐桌旁。

据这几日所见，她每天都会在饭前给盆栽浇水。盆中发黄发蔫的叶子低垂着，看不出是什么，应该也活不久了。

厌屋及乌，他对王青燕宝贝的东西无一丝好感，这些盆栽死了也好。

他咽下一口饭，胃中顿时一阵翻涌。对着这张脸，他果然还是吃不下去。

他转身吐进了垃圾桶里。

王青燕视若无睹地吃排骨，顺手还给他碗里夹了一块。

"多吃点，吃好了才有精神继续吐。"

来到这里这么久，除了去医院的那次以外，他第一次主动踏出了这扇门。这天是他母亲的忌日。

母亲过世多年，他父亲一直没有另娶，破产后想要东山再起最后却负债累累的残酷现实彻底压垮了这个男人。他选择结束生命来逃避一切，不久前和他的母亲葬在了一起。

这次王青燕也和他一起来了，他没理由赶走她，因为王青燕的母亲也葬在这个墓园里。

祭拜的地方在不同的山头，过程相安无事，可在回去的路上遇见了一群讨厌的人。

领头的黄发男子他见过。

在他看来，有人是天鹅，有人是癞蛤蟆。而黄发男子和王青燕一样，都是后者。黄发男子是个不折不扣的花花公子，不学无术，还有……他追求过杜梓曦，被拒绝了却不死心。

因为视力衰退，等人走到跟前，他才看清那副满是嘲笑的嘴脸。

"哟，这不是大名鼎鼎的钢琴天才吗？"

小巷子是回老房子的必经之路，他们是特意"等"在这里的。

就算被过去最瞧不起的人当街羞辱，他也可以平静对待。但黄发男子却拿出手机，当着他的面拨通了杜梓曦的电话。

电话那头传来熟悉的女声，黄发男子用得意的目光看着他，开着外放与杜梓曦大声交谈，语气亲近。

那一刻，他没发出一点儿声音，连呼吸声都不肯让电话那头的女孩听见。

王青燕跟着他走了一路。终于，在王青燕拉住他的那一刻，他爆发了。

"你满意吗？"他甩开王青燕，双目通红，声音嘶哑，"看着我跌进淤泥，永远只能依靠你活着，你满意吗？"

王青燕是怎样回答的？

她笑着给了他一巴掌。

04他的故事

他和王青燕一周没有交流。这一周，他开始主动接受治疗，主动吃饭，就是对着王青燕那张脸，他也能强迫自己咽下食物。他要逃，一定要逃离这里。

王青燕早出晚归，他求之不得。这期间他尝试去找工作，大多数人在看到他漂亮的简历后纷纷邀请他去面试，但在面试过后又都不约而同地用遗憾的表情跟他说"抱歉"。

起初，他心有疑惑，直到最后一次面试离开前，他在厕所里听到了一段对话。

面试官们在洗手池旁擦手："视力那么差，还挑三拣四，哪来的傲气？"

"就是，我们请员工又不是请祖宗，供不起！"

他离开那家公司后，撤回了投出去的所有简历，接着去了一家贴着招聘广告的奶茶店里应聘。

在奶茶店工作的第五天，他看见了王青燕。

王青燕手里捏着传单来店里买水，一杯冰冻鸳鸯奶茶，奶茶是买给分派任务的工头的。王青燕没看见在后台做奶茶的他，也不知道那杯奶茶出自他手。她满头大汗地来，满脸讨好地对别人笑。

他顿时觉得，王青燕的嘴脸更令人恶心了。

初秋来临的第一天，老房子里来了一群人，王青燕在前面指挥引路，后面的人把一架二手钢琴抬进了屋。客厅里的电视和沙发不知什么时候消失了，因此并不宽敞的客厅里摆下一架钢琴还不算拥挤。

王青燕从未说过这架钢琴是给谁买的，只是每天会东施效颦地用指头在琴键上戳几下，发出难听的噪音。

他们依旧没有交流。

无论是王青燕还是钢琴都令他觉得碍眼。可数日后他发现，那架钢琴竟是他逃离这里的唯一希望。

他看到了一张刊有钢琴比赛信息的报纸，第一名奖金丰厚。但更加吸引他的是其中一位参与比赛打分的评委，那是一位在国际上都极负盛名的钢琴大师，也是一位正在寻找学生的大师。

他用在奶茶店打工赚来的钱买来了琴谱，开始日复一日地练习，并加大了治疗眼疾药物的使用剂量。

老房子不隔音，楼上楼下骂骂咧咧地来敲过好几次门。但不知道王青燕跟他们说了什么，渐渐地，没有人再找上门了。

那几天，王青燕伏低做小的模样总会出现在他梦中，毫无尊严，卑微如斯。她以退为进，企图一点点地蚕食他的堡垒，动摇他的内心。

无耻又阴险。

05他的故事

距离比赛日期越来越近，但他的视力却每况愈下。他开始无法看见琴谱上的音符，夜晚就算把屋子里的灯都打开，他也觉得视野昏暗。

他心有不甘，发疯似的练习，比对他之前参加过的任何一次国际赛事都要认真。从早到晚都坐在钢琴旁，几乎没有离开一刻。但比赛的那一天，他却没能出现在舞台上。

王青燕把他锁在了老屋里。

连日来的疲惫和满腔的激愤让他彻底丧失了尊严，无论是嘶吼还是乞求，都无法打动王青燕。

他又一次晕了过去。

睁开眼看到王青燕的时候，他做的第一件事就是掐住了这个女人的脖子。

王青燕丝毫没有反抗，她用讥讽的眼神看着他，艰难地发出沙哑的声音："没我……你也……得不了奖……你赢不了……任何人，连三岁小孩……都赢不了！"

赢不了任何人。

他的手渐渐松开了，低垂下去。王青燕说得没错，就算没日没夜地练习，他依旧没法做到和之前一样。

他失去了所有希望，从万众瞩目的钢琴天才变成了一个弹不了钢琴的盲人。

他逃不掉了。

那不如就此结束？

"啪！"打断他的是响亮的一巴掌。这是王青燕第二次打他了。

她转身拿起钢琴上的琴谱，当着他的面一页页撕掉，然后又从工具箱里拿出铁锤朝钢琴走去。

他终于忍不住了，追上去："你要干什么？！"

"不需要的东西放这里也碍事，不如砸烂了扔掉！"

他拽住她的手，大吼："住手！"

第一锤子下去砸偏了。

"住手，求你住手好吗！"他的语气近乎哀求。

王青燕回头看他，然后把锤子递到他眼前："你来。"

他不接，王青燕把锤子塞进他怀里。

客厅里放着一面镜面发黄的穿衣镜，他看着镜子里抱着锤子的自己，脑袋忽然一下安静了。他平静地朝王青燕走去，然后主动吻上她。

"王青燕，你赢了……."

06他的故事

清晨他们一起出门锻炼，晚上在一个桌子上吃饭聊天、看电视。这一个月以来，他们仿佛忘记了过去，如同一对同居情侣般生活着。

"今晚吃排骨还是海鲜？"

他在电脑上投简历，王青燕坐在沙发上玩手机。

"海鲜吧，你喜欢吃。"他回头看着王青燕说道。

王青燕定了个"开心日"，每月的这一天可以吃自己喜欢的东西。王青燕喜欢吃海鲜，但过去的"开心日"餐桌上从来没出现过海鲜，全是合他口味的菜肴。

听到他这么说，王青燕的眼神明显亮了许多。她笑着说了一声好，然后乐呵呵地拿着手机出门。

听见关门声，他从电脑桌前站起来踱步到窗前。不一会儿，就看见王青燕的身影走出了单元楼。他得让自己多看看，也只有这样他才能忍住心底翻涌的恶心，继续演下去。

离开窗边时，他无意看见了那盆王青燕每天浇水的绿植，发黄发蔫的叶子下竟然重新长出了新芽。他盯着叶子看了十秒，然后把新长出的芽掐断，丢进了垃圾桶里。

王青燕回来的时候，他接过她手里的袋子，却发现她依旧买的排骨。

"哎，去晚了，海鲜都卖完了，今天只能吃排骨啦。"王青燕笑着解释完就把他推出了厨房，一个人愉快地忙碌起来。

吃饭时，王青燕给他夹了好几块糖醋排骨。看着王青燕灿烂的笑容，

Prisoner

他觉得今天的糖醋排骨格外难吃。

几天后，在替王青燕拿快递的时候，他又一次遇到了黄发男子。这人故伎重演，在他面前显摆与杜梓曦的亲密关系，可这次他情绪平静，毫无波澜。

人越是缺什么越是想炫耀什么，他早已看穿了对方的心思。在社交网络发达的今天，很多消息都能通过网络得到。标题为"富二代求爱音乐才女被拒"的花边新闻已经给了他答案。

他又一次被杜梓曦拒绝了，所以才来这儿找存在感。

他视若无睹地从黄发男子身边走过，走出两步后停下了脚步，拿出手机给王青燕打电话："你之前说的快递柜在哪儿来着？是左转还是右转……哦我看到了……嗯……我马上回来。"

风平浪静的日子一天天过去，转眼就迎来了今年的第一场雪。

南方人对雪格外偏爱，王青燕刮下别人私家车挡风玻璃上的薄雪，在盆栽旁堆了一个雪人。用红豆做眼睛，枸杞当嘴巴，两个枝丫充当的手则傻乎乎地敞着怀抱。

圣诞节临近，王青燕还给小雪人围上了红围巾，小雪人看上去更傻了。

餐桌上，王青燕问他圣诞节准备怎么过，又说近期新上映了一部电影，正好领导送了她两张兑换券，圣诞节晚上可以在家里吃完晚饭之后一起去看。

他点头。

王青燕接着问他想吃什么，结果不等他回答接着又说："圣诞节吃牛排好不好？买那种贵的，奢侈一次尝尝味儿。"

他迎上王青燕闪闪发光的眼睛笑着说："好。"

王青燕以自己不会挑选为由，让他去超市采购。他买了最贵的那种，把王青燕给的钱花得分文不剩。

回去的路上，他接到了一通电话。是一段公式化的女声："你好，你父亲替你预约的角膜移植手术已经找到了角膜源。之前也有给你打过电话，是一位叫王青燕的女士接听的，她说你要放弃这次机会。今天再向你确认一遍，你要放弃这次手术吗？"

电话这端静寂无声。

女人又问了一遍："我们需要再次向你说明，如放弃手术，之前交付的全额手术费我们是不会退还的，你确定要放弃手术吗？"

听到这里我都想骂人了，得不到的就算毁了也要留在自己身边。

戴眼镜的男人似乎察觉到我的愤怒，竟笑着问我："你说，她是不是很恶毒？"

我疯狂点头，想了想，又问他："你提到的圣诞节，是今天吗？"

他摇摇头，再一次陷入回忆。

"圣诞节那天晚上，我终于成功地离开了……"

07他的故事

在接到医院电话后不久，他又见到了一个男人——他父亲之前的律师。他父亲临终前留下最后一笔钱，按规定会在他年满二十后交还给他，但由于葬礼结束后他毅然更换了所有联系方式，似乎要斩断与过去人生的所有联系，所以直到现在他们才找到他。

钱不多，但足够让他开始一段新的生活。

圣诞节那晚很冷，王青燕给他打了三个电话他都没接，最后手机震动了一下，是王青燕发来的消息。她问他什么时候回家，牛排做好了，电影票也兑换了，抢到了最中央的位置。

他删掉了消息，没回话。在此之后的三个小时里，王青燕又给他打了不下十个电话，最后一通电话响铃结束后他才发出一条消息：不要再找我了。

他知道王青燕看见了，但这一次手机久久没有收到回信。十二点的时候王青燕的头像再次闪烁，她回复了一个字：好。

没有多余的话，仿佛早有所料一般，彼此对这个结果心照不宣。

他逃走了，成功来得如此轻而易举，直到从手术室里出来，他都觉得不太真切。

老天爷似乎在弥补他之前的不幸，给他做手术的是一位业界权威，手术也比想象中还要成功，不到一个月他就恢复了视力。更幸运的是，钢琴比赛他虽未参加，但他仰慕的那位老师竟在他术后主动联系上了他，说之前听过他的演奏，很是欣赏，并给了他一份关于三个月后的一场比赛的资料，表示很希望能在下一场比赛中见到他。

除了天赋，机会也一样重要。他牢牢把握住了这次机会，通过这次比赛，他又回到了人们的视野中。甚至因为之前那段坎坷的经历，他的成功变得更具有故事性和话题性，因而得到了更多的支持和追捧。

接下来在国际赛上一次又一次的出色表现，让他在国际上声名鹊起。

之后又过了几年，他在一次庆功宴上与杜梓曦重逢了。杜梓曦穿着镶嵌着水晶的紫色纱裙，端着红酒杯来到他的面前。

"好久不见。"

这时，他已经站到了一个需要人仰望的高度，一个能让他抹去过去的不堪记忆，重新追求心爱之人的高度。

杜梓曦也不再是那个跟他提出分手，决绝转身离开的女孩。此刻，她又变回了热恋时只为他着迷的那个杜梓曦。

曾错过的日子，在这一瞬被衔接上。往后余生，必是美好相伴。

"你们在一起了！"

两情相悦，终成眷属，我听得十分满足。可下一秒我就看见男人笑着摇了摇头。

"没有，我爱上别人了……那个恶毒的女人。"

08他的故事

王青燕终究还是得逞了，她把他变成了一个背信弃义、自私自利的男人。他是什么时候发现真相的呢？或者说他是从什么时候开始装作什么都不知道的呢？

从一开始。

破产后接连的投资失败让他的父亲变成了一个活在妄想中的赌徒。早在他患上眼疾的初期，他父亲就曾哭着跟他道歉："对不起儿子，我就搏最后一把，赢了就拿钱回来给你治病！"转身就拿着本该给他治病的钱进了赌场。这样穷途末路的人不会替他预约手术，更不会在去世后给他留下分文。

手术是王青燕预约的，钱也是王青燕给的。她在他状态不佳的时候保护了他最后的尊严，阻拦他参加比赛，又在之后点头哈腰地替未出场的他向现场所有人道歉。

在那次让他重新回到舞台上的比赛结束后，举荐他参加比赛的钢琴老师找到他，在送出祝贺的同时，提到了那个他正努力试图从生命中抹掉的人——王青燕。

"我还是第一次见这么执着的姑娘，在我家门口堵了我数次，就为了让我看一段演奏视频。也幸亏她的执着让我无奈妥协，不然我也发现不了你这块金子！

"哦，对了，怎么没看见那姑娘呢？

"掏心掏肺对一个人好的傻姑娘最是难得，你要对人家好点……"

老师之后又说了什么，他都忘了。他很难受，但又不知道自己为何难受。这股子难受劲儿从他手术后一直持续到现在。站在颁奖台上时他都是难受的。

那天他在街上漫无目的地徘徊，不知不觉又回到了那潮湿阴暗的老房子，王青燕曾"关押"他的地方。来到这儿，他觉得自己仿佛不那么难受了。他在门口站了许久，不离开，也不敲门，好像随时都准备着离开，又像在等着里面的人主动开门。

直到从未见过的老阿姨拿出钥匙打开他眼前的房门，他才有了动作。准确地说，是猛地一下有了反应。

"你怎么有这里的钥匙？住这里的人不是叫王青燕吗？"

他急了，急得像热锅上的蚂蚁一样不知所措。

"她呀，她把房子卖给我后就走啦！"

之前努力压抑忽略的东西在这一秒爆发。

她走了，可她怎么能走呢？

得到了他，却又不要他了。

她怎么能这么恶毒，不再等等他呢……

"之后的每场演奏会，我都有留心，但她却从未出现。可她明明说过，她是我最忠实的听众……"

缓缓深吸一口气，男人继续说："好在现在我终于找到她了。"

我没有说话，而是盯着他的墨镜和导盲杖看，我后知后觉地发现自己好像被欺骗了。

男人语气温柔地解释道："术后，我视力已经完全恢复了，但我想在见到她时，让她亲手给我摘下一次眼镜。"

我读懂了他话中的意思，他大概以为这样时间就能与过去衔接，就能抹去它消失的这些时日。

"我还准备了玫瑰，九百九十九朵，就藏在影院里。你往左边看，那儿，那儿，还有那儿，那些拿花的人都是我给她准备的惊喜。

"在她为我摘下眼镜后，人们就会拿着玫瑰聚集过来，而我会在向她诉说心底的爱意后单膝跪地向她求婚。"

男人转头看向我，他的声音平静轻缓，富有磁性："你说，她会答应吗？"

我想了想，认真回答他："我觉得她不会……"

来而不往非礼也，于是我现身说法，给他讲了一个关于我的故事。

我故事里的主人公叫顾年，一个美好的少年。

01她的故事

顾年是顾家的少爷，我是顾家女佣的女儿。

母亲曾问我："囡囡，你真的喜欢顾少爷吗？"

我是怎么回答的来着？我细细思索，缓缓回忆。

那是多年前情人节的晚上，我在厨房帮母亲洗碗，看着顾年将他的卡宴停在别墅外。明明是开车回家的，他却像在雨中淋了一整夜，整个人湿透了，驾驶座的真皮座椅上也覆了一层水珠。二十岁出头的男人衣着单薄地站在那儿，湿漉漉的头发贴着额头，脸色惨白。

那是我第一次见到顾年露出那样的表情，那时候的顾年，身上残留着一股尚未褪去的少年感，骄傲、叛逆、故作冷漠……却依旧让人心疼。

他赤脚走上二楼，在楼梯上留下一串湿漉漉的印迹，往日冷漠的背影在此刻倍显落寞。

用脚趾头想也知道，当天的情人节肯定是个有故事的情人节。果不其然，第二天消息就传进了用人房，少爷和女友分手了，他似乎还是被甩的那一方。

当时的我很难相信顾年竟然还有被人甩的一天，陡然听到这么一声平地惊雷，竟不知道该用什么表情回应了。

也就是在那时，母亲悄悄拉我进屋，忐忑地询问："囡囡，你真的喜欢顾少爷吗？"还没听到答案，母亲就先急了起来，"我告诉你！做人要搞得清楚自己的身份，可不要有高攀的心思，人穷志不穷，不能没了骨气！"

骨气这词从母亲嘴里说出来，让我比听到顾年被甩更加错愕。毕竟这么多年母亲从没在顾家、在我面前展现过这样的一面。她从来都像一只直不起背的虾米，佝偻着身子奔波于别墅四处。

哎，话说回来，为什么当时母亲会认为我喜欢顾年呢？

我想大概就是因为他是顾年吧，没有人不爱这张脸，没有人可以拒绝这个美好的少年。

我的记忆里始终有这样一个场景——十八岁的顾年在空旷无人的音乐大厅弹奏《贝多芬第一钢琴协奏曲》。光束从头顶打下来，空气中尘埃飞舞。少年在这束光线中酣畅淋漓地演奏着，他身穿燕尾服，修长好看的手指在黑白琴键上起伏跃动。这样的场景轻易就能俘获少女们的芳心。

那是顾年十八岁在芬兰参加国际钢琴比赛的转播视频。曲毕，灯光亮起的那一瞬，潮水般的掌声瞬时将顾年淹没，他在赞美声中坦然自若，优雅行礼。

顾年是钢琴天才，是顾家少爷，我只是顾家保姆的女儿。

一只是卧躺在宫廷椅上的波斯猫，一只是正在坑里玩泥巴的田园犬。

不用母亲说我都知道，这种痴心妄想的感情愚蠢得令人害怕。所以那天我拍着胸脯向母亲保证："我从没喜欢过顾年。"

02 她的故事

我喜欢吃草莓，于是偷偷在花房里养了一盆草莓。我把草莓藏在光照充足的玻璃房一角，藏匿在娇艳欲滴的鲜花中，我以为没人会发现我的小秘密，但顾年发现了。

穿黑衬衫的少年站在交相掩映的花草间，玻璃折射出的阳光像水晶灯一样，把他的脸照得光洁明亮。花房里加湿喷雾喷洒出的水雾在空气中蒸腾，水雾中的少年唇红齿白。

我回头看去，吓得差点把手里的花洒摔在地上。

顾年冷冷地看着我和我藏在角落里的草莓，转身就离开了花房。

他真是一个善良的人，就算不喜欢我也如此轻易地放过了我。所以就算最后草莓被他养的蓝猫给叼走了，我也依旧感激他，要怪只能怪我自己运气不好。

不过，我这人有些叛逆。哪怕从头再来，我也要吃到自己亲手种出的草莓。

就在草莓再次结果的日子，母亲来找我："囡囡，你在顾家住下去对谁都不好，开学了你就去住校吧。"

我对此倒并无抵触，搬去学校宿舍的前一天，除了整理为数不多的行李，我还拿回了自己的草莓。眼见收获在望，谁知搬家那天下起了瓢泼大雨。就算把培养盆藏进衣服里护着，用行李箱挡着，那一颗颗草莓也在饱经摧残后停止了生长，一颗接一颗地掉落。

舍友安慰我来年再种，我不死心地埋头在图书馆翻找种植资料。刚找到了个法子，就接到了让我回顾家的电话。

顾家一夜破产。

母亲打来电话："囡囡快回来，先生出车祸了！"

载着顾先生和顾年的车在从机场返回的途中与一货车相撞。货车司机疲劳驾驶负主要责任，而顾家这方，司机当场毙命，顾先生伤了腿，顾年的眼睛几近失明。

从那一天开始，卧躺在宫廷椅上的波斯猫就摔下了椅子，摔进了田园犬的泥巴地里。

顾先生变成了常年趴在赌场里的瘸腿赌棍，顾年不再触碰他喜爱的钢琴。

唯独没有改变的是我母亲。

直到病发去世，她都是一个尽职尽责的忠仆。病榻前她还握着我的手说："先生也不在了，少爷可怎么办呀？囡囡，顾家于我们有恩，我走了，你也一定要照顾好顾年少爷！"

她自己是忠仆，也想把我变成顾家最忠诚的奴仆。

为母亲举办完葬礼，我就带着我半死不活的小草莓和顾年，住进了她留给我，不，留给顾年的老房子。

其实在住进老房子的那一刻我就已经下定了决心。

我必须逃，逃离母亲，也逃离顾年。

03她的故事

顾年很好，但和他在一起，我无法变成更好的自己。

但我依旧是个孝顺的女儿，在逃离之前，我得让顾年回到原本属于他的舞台。母亲说得对，恩情不能忘，报完恩我才能堂堂正正地离开。所以我把母亲留下的房子卖了，一分一文都没昧下，全部用在了顾年的身上。这样我便不欠母亲的，更不欠顾家的。

只不过，在离开前，我还有一点小小的私心。我想亲口对顾年说一句，我喜欢你。

之前就说了，我这人天生叛逆，一直不敢在别人面前承认的也只有这份喜欢。

圣诞节的晚上，我准备了一顿丰盛的晚餐和两张电影票。但顾年没来，所以准备好的牛排被倒了，电影我自己去看了，尽管和计划中的不一样，也算是走之前的一个了断。

买下老房子的阿姨是个好心人，让我多住了一段时间，搬家那天还特意来给我帮忙。

我跟她说如果有人来找我，就替我跟他说声再见。

再见，顾年。

再见，我被绑架的前半生。

"所以，人要往前看才行！"我安慰身边的男人，"忘记过去才能迎接美好的未来，我离开之后遇到了那个可以让我变得更好的人。我们有共同的兴趣爱好，他喜欢研究种菜，我喜欢吃草莓，他就在他们学校的试验田里给我培育新品种的草莓。我现在真的很幸福，所以……"

我真诚地看着男人："所以，你也一定能找到自己的幸福。"

"燕燕，燕燕……王青燕！"

忽然，我听见背后有人在喊我的名字。回头看去，一个大个子正满脸傻笑地冲我招手。

我等的人终于来了，他怀里抱着草莓，应该是刚从试验田里摘下来的，刚买不久的鞋子又沾满了泥。

我最后看了一眼身边的男人，这个男人曾是我前半生的主角，我曾为了他把自己伪装成了一个恶毒女配。恍惚间，我仿佛回到了七年前的那个圣诞节。

我坐在年老失修的老房子里等顾年回来，在指针快到十二点的时候，他如约归来。桌上摆放着他喜欢吃的牛排，我们分别坐在方桌的两端，我看着他慢条斯理地吃完，笑着向他表白："顾年，我喜欢你。"

我曾喜欢过你。

我在心里说完这句话后站起身。影院大厅里暖气十足，我跑向抱着草莓的大个子。

"燕燕，我想等草莓成熟了立马摘下来给你尝尝，但错过了公交……"

我拿起一个已经洗干净的草莓咬了一口，甜美多汁："好吃！"

他立马笑了："是吧，新培育的品种！你不是喜欢吃甜的吗？这次的甜度还不够，我准备下次再改良一下，再甜一点！"

"好！"我挽着男人，男人拿着草莓，一起急急忙忙地去检票处。

那些拿着玫瑰，被请来当群众演员的人们一脸蒙。

经过顾年的时候，他的眼睛被墨镜挡住了，但我知道他在看我。可配角的故事已经结束，接下来的人生，我要活成自己的主角。

-END-

COOL GIRL

COOL GIRL

我出身富裕，家庭和睦，样貌姣好，天资出众，
我从没想过我是配角。

成为

ACT

Becoming Prot

文∧∧∧ 成真

ING
主角

###

The 成为主角

文 成真

以写出厕所读物为己任。

◆ 01 ◆

我在五十六岁那一年回到了我的幼儿时代，虽然起因不是那么愉快，但结果还是好的。

阔别我珍珠做帐钻石镶幔的大床、我的玛莎拉蒂车队以及我的百亩庄园三十五年，我终于重新拥有了它们。

以前我只觉得有钱人的生活枯燥无味，但在家里破产之后，我一直找不到工作，直到五十多岁都还只能租别人的地下室住。

现在能重来一回，我每天都要高歌一曲。

就这样，我通过最新的科技手段，带着记忆回到了童年，成为现在的"我"。

在我几乎快把过去那些苦难忘记的时候，我又一次回到了清海高中。

高二（1）班，第六排的椅子后面多出两张桌子，破坏了横竖六排的桌椅布局；主题为"欢乐青春"的黑板报上画的是一部小说的群像同人图；墨蓝色的垃圾桶被前一天的值日生完全清空；每张桌子上都或多或少散落着一些草稿纸。

　　他们前一天应该刚考过试，放学比平常晚，所以什么都顾不上，一下课就急匆匆地拎起书包跑路了。这样的场景我见过很多次。

　　现在刚过六点半，教室里还没人来。我爸的秘书在教室门口，抱着早就准备好的教材，安静耐心地等我在讲台上发完呆。

　　我走到教室第七排内侧的那张桌子后边，和他说："书放这儿。"

　　他露出了然的神色，把书和练习册整理好后问我："小姐，还有其他要求吗？"

　　他以为我是为了岑则才来的，所有人都以为我是为了岑则。我摇摇头，没有多说什么，让他回家补觉。

　　岑家有四十六家上市公司的股份，虽然比我家差了点，但也还可以。

　　岑则是岑家的独生子，和我同龄，小时候我们经常在一起玩，可长大后他对我越来越不耐烦，而我却像吃错了药，越来越黏着他。

　　这都是很久以前的事了。

　　人生重启之后，我都在竭力避免碰见他，在十二岁前我只见过岑则四次，还是为了测试那个年龄段的我是否还喜欢他。结果显然是否定的，但我不敢赌博，毕竟"前世"我发了疯似的追着他正是从高中之后开始的。没人知道我每天都会陷入自暴自弃和放手一搏的矛盾纠结中。我想验证我的想法，又害怕见到他。

　　我爸妈对他没意见，既不喜欢，也不讨厌，但他们疼我，看我经常关注清海高中的消息，以为我是为了岑则，特地把我安排到了他所在的班级。

我被推到了这里。

别人帮我做了决定，我既松了一口气，又为注定的命运感到惶恐。

✦ 02 ✦

岑则麾下一号"狗腿子"名叫元白，他抱大腿抱得十分得心应手，在我签署协议坐上时间重启的仪器回来之前，他一直是岑则的得力干将，也是我的老熟人。

他从前门进来，刚露了个头我就认出了这张脸。看见我坐在岑则旁边的座位上，他第一反应是倒退回去看看班级号，然后才一脸疑惑地走到我面前，问道："你是谁？"

"华澄蝶。"

"我之前没见过你，你走错班级了吧。"

我这个时候应该礼貌地笑笑，然后和他解释，但我对着这张脸，实在笑不出来。

我说："我是转学生。"

"转学生？没听老庞讲啊。行，算你是转学生不懂事，你不能坐这儿知道吗？赶紧找个别的座位。"

"为什么不能坐？教室里只有这一张空桌子。"

两张桌子都空空荡荡，元白回过味来："你既然知道旁边是岑哥的座位，就应该也对他的脾气有所耳闻，趁他还没来，你赶紧换吧。"

我知道的，岑则高中是小霸王，对谁都毫不手软；大学接手了家里的公司，从此变成大霸王，所到之处如蝗虫过境，除了他的亲属和小弟，谁都不敢惹他。

二号"狗腿子"苏良洲刚来，听见我们的对话便接着往下说："我去空教室帮你搬张桌子吧。元白，你搭把手。"

能当岑则的小弟，别的不说，行动力还是很强的。不一会儿他们就搬了套桌椅上来，放在教室的另一侧。

我坐在原位，并不打算动，只慢吞吞地摆好课本。苏良洲看出来我的不在意，懒得继续劝我，和元白回了座位，只说："那你慢慢理吧。"

他俩座位就在第六排中间，离岑则不远，而离岑则最近的，是他前排的那个位置，它属于钟妙初——成为岑太太的那个人。

当然，她现在还只是个小姑娘，睁着一双小鹿一样圆溜溜的眼睛看着我，还对我露出了一个笑容。她是恢复了出厂设置什么都不清楚，但我都记得，我对她的厌恶，一如往昔。

十六岁的岑则已经长到了一米八五，宽肩、窄腰、长腿，能把校服穿出大牌新款的味道，面无表情时有几分风流，笑起来则有几分痞气。

岑则比老师先来，他看见同桌的空位上有了人，倒是没出门去确认班级，而是看了眼钟妙初，仿佛只要钟妙初在，不管哪儿他都能待下去似的。

真是令人作呕。

他抽开椅子坐下，也没正眼看我，说："坐到别的地方去。"

我回道："教室里没有别的空位。"

岑则这才发现是我："华澄蝶？你怎么在这儿？"

我看清了他的脸。他那张见过的人都为之心醉的完美脸庞就在我眼前，而我没有一丝一毫的"悸动""沦陷"与"无法自拔"。

我赶紧捂住嘴巴，害怕自己不小心笑得太大声。

为什么曾经的我能把一手好牌打得稀烂？

居然会因为他而丢掉礼义廉耻，丢掉智商逻辑，不顾一切地要跟在他身边，直至破产流落街头，受尽欺辱。

现在的岑家不会愿意和我家杠上，而岑则后来对付我的那些手段，我已经在漏雨停电的地下室里复盘过无数次。既然我不再失了智地迷恋他，这一切就好办了。

我揉了揉发酸的脸，说："学校又不是你家开的，你能来，我不能来？"

周围的人纷纷倒吸一口凉气。

岑则皱眉："我不喜欢和人坐一起。"

"巧了，我也不喜欢，"我指着另一边，"你朋友都帮你收拾好了，要是不想坐这儿，你去那儿坐去。"

岑则扭头看了一眼，元白和苏良洲纷纷摆手表示他们很无辜。

他说："你怎么不去？"

"我想坐哪儿就坐哪儿，管得着吗？"

我知道他是不会走的，因为他要和钟妙初在一起；我也是不会走的，我不想跟他同桌，但我就是要气他。

岑则盯着我，我也瞪着他。除了各种乐器外，这次重启，我还学了柔道和马伽术，他要是动手，我保守估计三十秒之内就能让他无法呼吸。

岑则半晌没说话。他想不出办法来对付我，无奈地趴到桌上开始睡觉。

夹着教案的老师踩着铃声进了教室，他眼神略过岑则，连旁边的我也一并忽视了，他目光扫了好几圈，然后道："我们班要来一位新同学，是从华帜私立中学转过来的，成绩非常优秀。去年的奥数竞赛，她和岑则一样，拿了金奖。我希望大家好好团结新同学，有什么学习上的问题，也可以积极地去请教。她今天上午应该就会过来，可能因为什么事耽搁了。总之呢，大家要和新同学……"

我举起手："老师，我来了。"

"啊？"他完全没想到有人会坐在岑则旁边，被突然应声的我吓了一跳，不过他很快反应过来，让我上台做自我介绍。

如何即兴做一个情绪饱满、详略得当的三分钟自我介绍对我来说不是难事。我求职过近百家企业，什么样的 HR 都见过，什么样刁钻古怪的面试要求都听过，其中绝大多数我都完美地完成了，但没有一家肯让我入职。

那都是拜你所赐啊，岑则。

✦ 03 ✦

"从前的我"很喜欢岑则。

我是在爸妈办的宴会上见到他的，那时候我才三四岁。他和其他的小孩儿是有那么点儿不一样，但是卫家愿意让我骑大马的哥哥不帅吗？祁家才一岁多的混血小弟弟不可爱吗？柳家那个过家家愿意把女王让给我当的小妹妹她不黏我吗？

区区一个岑则，有什么好的。

但就在我十六岁的时候，我听说岑家一向不愿意表露聪明才智的独生子，为了一个女孩子去参加他不屑一顾的竞赛的时候，我开始抓心挠肝地嫉妒起来。

一夜之间，我突然就为他疯了。

我请求爸妈给他家的公司让利；我离开一直都很照顾我、待我如朋友的老师，不顾一切转到他的学校；转学的事我甚至连闺蜜柳玉玉都没告诉，就因为她和钟妙初长得有八分相像，我怕岑则喜欢她。

我事先查过钟妙初，我看过她的照片，知道她的履历，家世没我好，成绩没我好，长得也不如我。但是岑则喜欢她，不喜欢我，就因为她和岑则坐了一年的前后桌。

我很讨厌她。

那时候的我转到清海高中之后，凡是她参加的事都要插一脚，想力证我比她强。我偷过她演讲比赛的稿子，剪过她文艺晚会裙子的吊带，放过她脚踏两条船的谣言……

而这些都被一一识破了。那时候的岑则忍耐着没有对我动手，等他上了大学，接管岑家公司之后，立即开始联合其他公司围剿我家。

公司破产清算，父母车祸身亡，我从此沦为丧家之犬。我学了十几年的绘画和钢琴，各大竞赛的证书也拿到手软，但是我没办法开画展、做翻译、当老师，因为岑则数十年如一日地盯着我，每当我有了一丝希望、每当我过得稍微好一点儿，他就要再次把我踩进泥里。

我攥紧稀薄的棉被，缩在阴冷的地下室里，我想起我无忧无虑的少年时代，忽然醒悟——我为什么要对钟妙初耍手段？明明我确实比她优秀得多，就算不做那些腌臜事，我也能光明正大地赢她。

我又为什么会喜欢岑则？明明我那时的日程被上课和各种培训塞得满满的，没有时间去喜欢一个人，而且我又不是没见过其他优秀的男生，怎么就喜欢他了呢？

而我爸妈纵横商海几十年，为什么连岑则这个毛头小子的计谋都看不破？

我想了很多很多，最后总算想明白了。

这个世界是为岑则服务的，只要他需要，所有强敌都会倒下；因为他需要，所以我做尽没脑子的事，给他和钟妙初制造培养感情的机会。

我心里清楚得很，这只是个借口。但我需要这个借口来推卸我的责任，来忘记我犯的错，来接受因自己无能而摆脱不掉的苦难。

我需要这一点儿安慰。

但我没想到钟妙初和我站在了一条线上。

她戴着口罩，坐在垃圾箱旁边，在我下班回去休息的时候拦住了我。

我们都五十多岁了，她仍如少女般靓丽，而我却满头白发。

燃烧着的嫉妒又回到了我心中。

我强忍着，只当看不见她。

钟妙初站在我面前，看起来很疲惫，她问："你对岑则……是什么看法？"

这都多少年过去了，还盯着这点破事不放？好胜心未免太强了些。

我都给气笑了："怎么？还要让我再惨一点？"

她忽然颤抖起来，我清楚听到她吞咽的声音，她紧张道："你的意思是，你很讨厌岑则和我，是不是？"

"不然呢？难道还要我感谢你们？钟妙初，你自己生活无忧，别人还要穿衣吃饭。我现在需要休息，你赶紧走。"

她流下两行泪："你，你是我找到的第一个恨岑则和我的人。"

这又是什么新招数？

"从大学到现在，喜欢岑则、追求他的女人数不胜数，那些女人……和你都很像。我不是说长相，而是经历。她们都是富家女，都很有才能，都很喜欢他，都被他拒绝，拒绝后都想着法子地针对我，然后被岑则报复到倾家荡产，没有好下场，无一例外。

"一次两次还好，次数多了，我就觉得有些不对劲。我后来找过她们，就算岑则对她们再怎么下狠手，她们还是喜欢岑则，还是坚持要对付我。"

钟妙初抽了张纸巾按在鼻子上，擤了又擤，然后向我展示那张仍然干爽的纸巾："你看，我没有鼻涕。"

她试图号啕大哭，却骤然没了声音，重新变得弱柳扶风，我见犹怜。

她抽噎着说："这正常吗！我擤不出鼻涕，无法没风度地大哭，这正常吗？被打压后仍会疯狂喜欢那个人，这正常吗？！"

我是讲科学的人，人的生理结构决定了哭的时候一定会涕泗横流，但怎么哭得漂亮，只有眼泪没有鼻涕我也研究过，那就是把鼻涕咽下去。

显然她没有吞咽。

我静静地看着她。

"就算我知道所有答案，就算我考前一天做过同类型的题，我还是没有考过满分，分数永远比岑则低；就算我是教授，是项目负责人，我还是摆不平任何一件事，永远要岑则出手；就算我这些年见惯了想要插足我和岑则的那些女人的手段，我心知肚明怎么避免，我还是不受控制地一件件中了招，让岑则恰到好处地出现来救我。

"华澄蝶，你真的喜欢岑则吗？一开始，你真的是发自内心地喜欢岑则吗？当时你有无数种方法让我消失在岑则眼前，为什么你偏偏选费事费力留线索的那些？"

她的眼泪止都止不住，她苦笑："你可以给我一张纸巾吗？"

"我没有闲钱买那种东西。"

钟妙初愣了一下，从包里掏出手帕递给我，她仰着脸："帮我擦眼泪。"

我莫名其妙："你有病？"

她执着道："试一试，不要在心里咒我，平和一点，把我当成你的朋友，或者陌生人。"

我隐隐有些猜测，深呼吸几次后伸手向前——我碰不到她。

好像两块相同磁极的磁铁，接近到一定距离时空间就会扭曲，往旁边错开。

我把手帕团起来，成功地砸到了她脸上。

钟妙初说："你必须喜欢岑则，你必须和我成为敌人，我们被套在固定的行为模式里了。华澄蝶，你明白了吗？"

"神经病！"

我拔腿就走，拐进楼道，逃到我的小房间里。

我的心脏几乎要跳出胸腔，我意识到钟妙初说的很有可能是真的。

这些年我每天想的都是怎么把角落清扫干净，一双手泡在消毒液里快烂了，没工夫再做当画家钢琴家的梦，看会儿小说就是我难得的清闲时光了。

男主和女主一见钟情，女配做尽恶事，最后恶有恶报，而有情人终成眷属。这种走向，我在小说里看过千百遍，而往现实里一套，又和我的遭遇何其相似。

我家境富裕，家庭和睦，样貌姣好，天资出众。

我从没想过我是配角。

✦ 04 ✦

柳玉玉是个很固执的小姑娘。

虽然她长得清纯又可爱，但她很固执。

玩过家家她要当女王，让给我以后她就要做将军，手里攥着带刺的玫瑰乱舞，打跑了卫肃期和祁连兰，自己手心也被扎得流血。她完全不当回事，一边被妈妈打屁股，一边板着小肉脸："女王陛下！臣做到了！"

太可爱了。

她就这么一直跟着我，一直做我的将军。那些弯弯绕绕的东西她搞不明白，遇到事情能动手的绝不动嘴，上手就完事了。

所以把岑则引到美景摩天轮那儿，假扮钟妙初对文曲江告白，让岑则和钟妙初心生嫌隙，绝不可能是她会做出来的事。上辈子我推波助澜，现在我越想越觉得不对，柳玉玉哪来的这脑子？

她缠着我爸妈撒娇，问出我转去了哪所学校，跟过来之后发现我不喜欢钟妙初，边伤心自己的脸和钟妙初长得差不多，边把钟妙初关进厕所威胁了一顿。

这才像她嘛。

玉玉有一双大大的杏仁眼，瞳仁又黑又亮，睫毛浓密，脸蛋又小又圆的，很像动漫里的萝莉。

后来她画又深又重的烟熏妆，缩在网吧的椅子上睡觉，吸着二手烟，卖泡面卖饮料。

她拿一千多的工资，给我买三十二寸的水果蛋糕，跟我说："姐，没事儿，这不怪你，是岑则下的手啊。你比我厉害，找个好工作，那时候我还得找你帮忙呢。"

再后来她被毁了容，岑则说不允许有人顶着和他老婆一样的脸打零工，那是在侮辱他老婆。

他和钟妙初好甜啊。

我的玉玉好惨。

我带着所有的记忆被钟妙初送回了现在，我不再受岑则的影响，但我不明白其他人会不会因为我的改变而改变。这一次我还是没有告诉柳玉玉我去了哪儿，但柳玉玉还是找到了我。

我再一次看到柳玉玉坐在我旁边，晃着岑则的凳子，一颠一颠地等着我来，准备给我个惊喜。

我捏住她脸颊，挤得她嘟起嘴喊："姐，姐！"

她脸颊光滑柔软，没有交错狰狞的疤痕。

柳玉玉笑："姐，你不是来找……你怎么一个人坐呀，我当你同桌好不？"

　　我点点头，还是有些不放心，我让她坐我的位置，自己占了岑则的桌子。

　　柳玉玉有些吃惊地看着钟妙初，她拽着我的袖口："姐你看，她和我长得好像啊。"

　　钟妙初也瞪圆了眼睛。

　　我掏出两块巧克力放到柳玉玉手心，朝着钟妙初那儿点了点头。

　　柳玉玉笑着把巧克力转手送了她："你真可爱，我从没见过长得比你还可爱的女孩子。"

　　钟妙初抿着嘴，不好意思地笑了笑："真，真的吗？谢谢。"

　　柳玉玉期盼地看着她。

　　钟妙初被她灼热的目光盯着，开始不知所措，她看柳玉玉和我熟稔，于是可怜巴巴地望向我，指望我解围。

　　我："她说你和她长得像。"

　　钟妙初："嗯嗯。"

　　我："她夸你可爱。"

　　钟妙初："嗯……哦！"

　　她恍然大悟，反握住柳玉玉的手，真诚道："你也太好看了吧！"

　　唉。

　　岑则接到元白的线报，气势汹汹地来找我，他走到桌前，刚要发火，就看见两张八九分相似的脸正在互相吹捧。饶是"天资不凡、冷静沉着、心思缜密"的岑则也愣了下。

他没管我，有些迟疑道："妙妙，这是你……妹妹？"

柳玉玉拽着我："她不是，这才是我姐。"

岑则对我说："让开。"

我："我妹今天转过来，就坐这儿了。"

岑则："你让开。"

柳玉玉不高兴了："你谁啊你，空桌子不让人坐？"

元白帮腔："什么空桌子，这就是岑哥的座位。"

柳玉玉："我是第一个来教室的，这桌上一本书也没有，怎么就成了他的？就算是他的，他就一个人，又不是没空位了，坐哪儿不是都一样吗？我要跟我姐姐坐一起还不行了？"

岑则的书本文具放在教室后面的储物柜里，要用的时候才会去拿。

他现在和钟妙初正处于朦胧的暧昧期，成天心里惴惴不安七上八下的，也不敢直接吼出来他是想和钟妙初坐在一起。

岑则道："我不打女人，不要让我破例。"

"你敢这么跟我姐说话？！"柳玉玉拍桌而起，把我扯得一个趔趄，她挡在我面前，"我也不打女人，打你不算破例。"

钟妙初从两人之间挤了出去，把在教室东北角的桌子搬到我和柳玉玉的后面，对岑则笑道："你坐这儿吧，也挺近的呀。"

岑则被她安抚，不好继续和我们争执，不情不愿地坐下。

我和柳玉玉成了分割他和钟妙初的银河。老实讲，好爽。

◆ 05 ◆

彩纸包裹的水果糖重量正好，配上一点儿巧劲，就能够砸到二楼的窗户，制造出一点儿小响动。

男生站在马路边，有一下没一下地砸着玻璃，我躲在树后面数，等他扔到第二十七颗的时候，二楼的住户终于没忍住推开了窗，女孩儿穿着棉睡衣往外小心翼翼地张望，岑则后退一步，仰起脸向钟妙初挥手。

我从路边捡了块小石头，觑准时机砸上他的小腿，岑则闷哼一声，我从树后面走出来，面无表情地大喊："有——变——态——啊！"

这会儿是晚上十点多，临街的楼房亮起一片灯，我气沉丹田，大声喊道："啊——我看错了，原来不是变态，是清海高中高二一班的岑则啊，你家不住这儿吧？你大晚上的不回家，跑这里来干什么啊——"

钟妙初"啪"地一下关了窗，更多的人开了窗，探出身子看热闹。

岑则气急，把我拉回树后："你干什么？！"

我皱眉："你大半夜的砸小女孩儿窗户，你要不要脸？"

"那是钟妙初！"

"钟妙初家窗户你就能随便砸？当你同学风险还真不小。"

岑则阴沉沉地看着我，过了一会儿，他忽然嘲讽一笑："不要老想拦着我和钟妙初，华澄蝶，就算没有她，我也不会喜欢你的。"

我目瞪口呆。

眼看钟妙初没法突破爸妈的防线下楼，岑则不高兴地走了。

我跟着他走了三百米，然后坐上了我家的车，飞驰而过，让他吃了一肚子尾气。

大钟女士告诉了我很多事情。

比如她家住哪儿；比如她一开始确实很喜欢岑则，但每次他大半夜还蹲在她家楼下看她的窗户，她都有些不适；比如她讨厌岑则把她按在墙上，但她自己的厌恶和不知从哪儿冒出来的欣喜害羞混在一起，这种茫然的矛盾让她忍耐了好多年，直到她送我过来时都没跟岑则讲过。好在后来岑则年纪大了，也不玩这招了。

哦，还有，她那永远比岑则低，只能拿第二的理科成绩。

最近柳玉玉不大高兴，她问我为什么老是跟钟妙初混在一起。我本来想放过她，但她这么积极主动地自投罗网，我只好把她也抓到自习室去，和钟妙初相对垂泪。

我重启之前，大钟女士强迫我背完了高中所有理科考试的题目和答案才送我过来，要我务必辅导她考一次满分。

虽然她现在管不着我，我也不想帮忙，但我要是不辅导她，那么多卷子岂不是白背了。

周一到周五刨去午休半小时，剩下的时间，小钟同学全被我扣在自习室，放学以后去图书馆学到九点再送她回家，周末则从早八点学到晚十点，三餐在图书馆附近解决，包接送。

岑则对此很不满，他很想把钟妙初约出去玩，钟妙初也很心动，我又不是王母，我当然不会阻止他们，只是每每在钟妙初和我说要提前结束学习时间的时候，我都会问她："竞赛银奖也好意思出去玩？"

钟妙初弱弱地说："我是去请教岑则……"

我："谁还不是金奖了？"

柳玉玉背着我的大书包，我一声令下就把里面的证书一股脑地倒在桌上，然后把钟妙初从高一到现在的理科成绩条一字排开。

我问："你还要去玩吗？"

钟妙初一咬牙，又坐下了。她打了会儿字，然后把手机关机。

我才不恶毒，这是她自己教我的。

这种日子持续到期中考试前一晚，我送她们回家的时候反复强调，不能少写一个答字、认真计算验算、单位一定要前后统一，绝不能认错。

钟妙初和柳玉玉在喝奶茶，敷衍地"嗯嗯嗯"，完全没有在听的样子。

我好累。

柳玉玉眼睛一亮，把喝了一半的奶霜递给我："姐，你喝，特别好喝。"

钟妙初从包里掏出两盒猪蹄，一盒给我，一盒给柳玉玉："我爸爸做的，超好吃的，你们试试？"

我怀里抱着猪蹄，喝着送到嘴边的草莓奶霜，心想：其实也不是很累哦，教她们的时候我自己也在复习嘛。

◆ 06 ◆

成绩下来那天，我比钟妙初还关心她考了多少分。

班主任只报前十名的成绩，让没读到的人自己反省。他从后往前慢悠悠地念，都快急死我了。让岑则拿成绩条和宣布钟妙初是第二的声音同时出现，我一时恍然。

岑则收到了成绩条，这代表他不是那个还没宣布的第一，他连前十都没考进！

在我记忆里，这是从未有过的事。

我赶紧把钟妙初刚领到手的成绩条抢过来，她的失分点是英语而不是理科。

我自己不再受岑则的影响，连钟妙初也不再被箍在所谓的女主模式里了！

虽然不能仅凭一次就此断定，但最起码，除我之外的其他人也开始变得不同了。

周围的人声仿佛都消失了，柳玉玉扳过我的脸，惊恐道："姐你怎么哭了？你拿过那么多第一，不至于吧？"

我的玉玉有一张漂漂亮亮的脸，皮肤比真丝还要滑，比豆腐还要嫩。

我的玉玉脸上没有疤，以后也不会有。

我一把抱住她，看到坐她后面一直黑着脸的岑则，然后边哭边伸手给了他一巴掌。当天中午，高二一班某人因考了年级第一情绪激动得在教室哭了一个早自习的消息，传遍了整个校园。

期中考试过去一周，学校开始筹办运动节，就是运动会和文艺节的合称，上午田径类，下午球类，晚上晚会，一天搞完，快速高效，绝不让学生有多分心的机会。

柳玉玉报名了开幕式，要去表演一套八段锦和舞剑；钟妙初为了集体活动的综合素质分，报名了晚会的探戈群舞。

钟妙初真的是个铁血"分奴"（执迷于分数的学生）。

这个活动日在我的记忆里，是她和岑则感情第二次升华的点——一是她的探戈全靠岑则辅导；二是我剪了她裙子的吊带，想让她当众出丑，被岑则紧急救场。

学校给学生发预算，让她们自己去买裙子，又在她们按尺码买完后统一收缴，放在试衣间里，等晚会前一起换。

　　这里可做手脚的空档也太多了吧，我想不明白为什么要这么安排，最后只能认为这是"为了推动男女主相爱"的无脑行为。

　　即使我对钟妙初不再敌视，还和她成了好朋友，但我也没有松懈。

　　我把钟妙初买的乳白镶珠长裙仔仔细细、翻来覆去地检查了好几遍，确认没有瑕疵，才把这条裙子，当着钟妙初和柳玉玉的面放到了试衣间，还让钟妙初自己买了把锁加固。

　　钟妙初被柳玉玉带跑偏了，觉得我做什么事情都必有深意，不用怀疑，听话就完事了。

　　她把衣服锁好，真心夸赞道："澄澄，你想得真周到。"

　　坏人才知道怎么防备坏事，好孩子不会有戒心。

　　我心情复杂。

　　怎么说我前后加起来都六十多岁了，学校这种规模的小晚会我已经不在意，但我妈不，我妈说："我的宝贝女儿在任何时候都要闪闪发亮。"

　　我深思一会儿然后道歉："我不是颗钻石还真是对不起妈妈了。"

　　我妈才不管我跟她嘴上怎么皮，反正是把那条裹胸红亮片黑纱长裙套在我身上了，哦，还塞了我一双黑色蕾丝绑带鞋。

　　柳玉玉编了长辫子，穿红衬衫配黑西装，与我正相称。

　　对于穿什么我本来也没什么想法，但我一下车就后悔了。

　　这天也太冷了，寒风吹得我瑟瑟发抖。而柳玉玉这种情况就属于歪打正着——她不仅穿了长袖，还加了件外套。她优哉游哉地走，扯着领口嫌热；我抓着裙摆往礼堂狂跑，觉得自己好柔弱。

进了礼堂，倒是暖和了，可站在一大堆穿着校服的同学中间，我觉得我在灯光下亮得像条没刮鱼鳞的鱼，确实挺闪闪发亮，甚至有热心的志愿者要把我接引到后台。

钟妙初的节目是开场舞，我只需要盯着这一环，就没有坐在安排好的座位，而是站到了舞台旁边。托这身衣服的福，他们都以为我有节目，没人赶我和柳玉玉离开。

钟妙初的搭档是高三的文曲江，他家和我家有点交情，他芝兰玉树，温柔多金，随便往哪部小说里一套，都堪当完美男二，所以他也注定要卷入钟妙初和岑则之间。不过他的结局最差也只是不能抱得美人归，而我……

我瞥了眼坐在第一排的岑则，再看对我和柳玉玉偷偷挥小手的钟妙初，甩掉了又挤进脑海的回忆。

学校安排的探戈舞曲明快热烈，节奏奔放，钟妙初四肢舒展，滑步十分流畅。文曲江和她配合得很好，很绅士，眼睛也没有乱瞟，但学校的低预算导致了服装的质量不会太好，在他们毫不收敛的动作之下，钟妙初肩带的线……炸了。

我心里一紧，三步并作两步冲上台去，柳玉玉在后面对志愿者解释这是特殊安排。

肩带没有完全崩开，我稳了稳，上台后做了个起手式，我双手撩起裙摆，趾高气扬地穿过其他舞者，往文曲江那里走去。

台下岑则也发现不对，他站起身，单手一撑跳过了长桌。

我用一连串半月步跳到文曲江身边，推了他一下："你下台，我来。"

他不明白我什么意思，但反应速度很快，他整理袖口，和我周旋了两小圈，做出争斗不敌的姿态，黯然下台。

据说探戈的起源与秘密、防备、争抢有关，他这一连串动作也很符合。我握住钟妙初的手，另一只手贴在她蝴蝶骨之上，紧紧捂住她的肩带，男孩儿这样会很失礼，女孩对女孩就无所谓了。

我在他们跳第一圈的时候已经记好了节奏，动作一点儿也不难，只有五个，然后不断循环。钟妙初有点慌，我小声数着拍子告诉她左右，她很快适应，甚至因为我和她相对比较熟悉，她连和文曲江搭舞时的生涩与拘束都消失了。

舞曲结束后，我快速换手，用搂着她的姿势掩住她的肩带，钟妙初比我矮一个头，脸因为运动变得红扑扑的，她仰着脸朝我笑："你怎么突然上来了呀？"

我搂着她走到后台："你的肩带炸线了，要掉。"

她转头要看，我手撤开，她立刻就感觉到了一侧裙摆的下坠。后台不大，试衣间近在眼前，我看她用腋下夹紧了裙子，就没有继续帮她捂着，回头准备回家。

岑则就在我身后，他拦住了我，他问："这是怎么回事？"

我对钟妙初有好脸色，是因为在重启前，钟妙初从来没有直接报复过我，她升入大学之后就把我忘记了，干过最坏的事就是在朋友圈里咒我，和我当时的举止相比，她这点小心思根本不算什么。更何况……是她把我送了回来。

虽然她自己不来的原因是她胆小，她害怕重来一次无法改变，不想重复受控的人生，所以选了我。不管她出发点如何，毕竟结果是好的，我能再见到爸爸妈妈和玉玉，也应该能够尽力避免落魄的结局。

当岑则不能再让我毫无理由地迷恋，我不将她视为情敌，她所表现出来的一切，我都讨厌不起来，甚至觉得她确实有点可爱。而岑则为了标榜自己多么爱妻，对我赶尽杀绝，我是无论如何都不会与他和平共处的。

我不想跟他解释，绕过他走了。

我后来才知道他和钟妙初大吵了一架。

岑则说我喜欢他，所做的一切都是在针对钟妙初，要拆散他们两个；钟妙初刚被我救过场，觉得他脑壳有问题，人人都能看出来我对他态度冷淡。她非常讨厌岑则干涉她交友、抹黑她朋友的行为。

柳玉玉正在后台和文曲江叙旧，听墙角还被发现了。之后钟妙初气势汹汹地拎走了她，两个人喝奶茶喝到半夜。

我完全没想到会变成这样，可这发展还真是妙啊。

✦ 07 ✦

我成功打入了钟妙初的好友圈，但和之前比起来，并没有什么变化。

"正经"女高中生的生活枯燥且乏味，成天就是做题，柳玉玉在我和钟妙初的"联手压迫"下不情不愿地学习，在熟读书本百遍后，普通的题目也难不倒她了，这极大增强了她的自信心和主动性。我们三个，加上钟妙初的同桌兼闺蜜周乐乐，变成了老师眼里的互助标兵小组。

尽管我一点儿都不想要这个土味荣誉称号。

她们一直紧绷着，到圣诞节才有些松懈，不管本土还是国外，能找个由头玩的节就是好节。圣诞节虽然不放假，但晚上还是有时间的，在浓厚的消费氛围感染下，她们决定搞个小聚会。当然，她们邀请了我，地点选在城西的长青大乐园。

我一听这个地点，就把我妈安排的聚会给推掉了。

"前世"钟妙初"脚踏两条船"的谣言就是从这里传出来的，我这次要牢牢攥住柳玉玉，从根源上解决这次危机。

柳玉玉嘴上答应得好好的，到了圣诞夜那晚，还是一个人先去了，还说让我们不要着急，慢慢过去。

开玩笑，我怎么可能听她的。

我火速赶到游乐园检票进场，打柳玉玉的电话时她已经关机了。

没关系，我逮不到你人，我还找不到记忆里的摩天轮吗？美景摩天轮是长青的标志性游乐项目，一向是告白约会的好去处。

我远远望见了那个粉色的，连小座舱上面都画着桃心的摩天轮。在一棵棵圣诞树的掩护下，我悄无声息地走到了摩天轮售票亭那儿，然后被阴影里握紧拳头的男孩子吓了一跳。

另一个男生温柔的声音从树那边传来："我一直当你是妹妹，抱歉。"

彩灯下的女孩儿相当失望："啊。"

岑则偏头，恶狠狠地看了我一眼："华澄蝶，你满意了吧！"

什么玩意儿啊？！

我哪能让他这么污蔑："你胡说！"

我们俩都未做掩饰，女孩儿高声问："姐？"

她快步拐过来，惊讶道："你怎么找到我的？"

岑则也是一惊，他眯起眼睛，借着迷幻的彩光仔细打量："柳玉玉？"

"怎么的？"柳玉玉挠挠头，"哎，你们都听到了哈。既然那个，曲江哥对我没意思，我们就当无事发生过。姐，妙初她们呢？"

"在路上。"

岑则松了口气，他责怪道："你怎么选在这告白？"

柳玉玉莫名其妙地看着他："你有病？我又不是跟你告白，在哪儿还要通知你？"

她抓着我的胳膊："走吧姐，我为了穿裙子好看，现在还没吃晚饭呢，正好她们还没来，你带我去吃点儿。"

我没心思吃饭，我现在想明白了，我憋着一肚子气。

柳玉玉没拽动我，疑惑道："姐？"

我冷静道："等等。"

我转向岑则："你和钟妙初约在这里，却认错人了。如果我没有来，你是不是会默认钟妙初另有所爱？在搞清楚告白的不是钟妙初，而是玉玉之后，你是不是会认为玉玉受我指使，故意在你们之间制造误会？"

岑则难得没有反驳我。

我冷笑："岑则，我讲过很多遍了，你就是听不进去。我真的只是看你不顺眼，不是喜欢你。你未免把你自己看得太重要了，为什么就不愿意承认，你在有些人眼中就是一文不值呢？我奉劝你一句，你们两个的破事，别扯上不相干的人。"

柳玉玉被我的推测惊得目瞪口呆，她犹豫道："岑则……也不是故意的嘛。"

我摸了摸她光滑的脸，无法对她发怒。

"我有点累了，我先回家。以后这样的事，不要再叫我。"

柳玉玉明白过来我什么意思，她也急了："姐，姐！我也回家，我不跟她们玩了，姐！你等等我！"

岑则从后面追过来，拦在我面前，他深深地鞠了一个躬："对不起。是我自视甚高，是我一直误会你了。这一切都是我的问题，"他乞求道，"你们能不能不要因为我迁怒妙妙？她是一个很好的女孩子，她真的很喜欢你们。"

我把他推了个狗啃泥，扬长而去。

✦ 08 ✦

我刚继承我父母的企业时，没有人把我放在眼里，但很快，我狙击岑家这头庞然大物的案例就为千万商科学子所知了。

我不是个好人。

这一世的岑则只是嘴皮子动动，没有对我造成实质性的伤害，我还是尽全力地打压他。他的每一个项目、每一次融资、每一个盟友，都被我掐得死死的。虽然和记忆里有些变化，但他从前的商业运作思维我已经研究透了，对付起来易如反掌。

这不公平，也不合理。

只是如果不这样，我因他所受的那些切切实实的苦难，我又能去哪里讨要补偿呢？

我没有像他对我那样要求业内公司封杀他，只要他愿意，他就还能凭着知识吃上一口热饭。这是我的良知和底线。

钟妙初大二时和岑则分了手，她成天泡在实验室里，醉心研究浩瀚广袤的宇宙。

她比上辈子更早地拿到了空间科学标杆的那座奖杯，也许是因为花我的钱比较不用手软。她在颁奖典礼上诚挚地感谢了我这么多年作为朋友和金主，在她精神和资金上的双重支持——当年游乐场那件事，扰乱了我好一阵子，但我最终没有和她疏远。

岑则是我的仇人，她是我的朋友，因为仇人远离朋友，这怎么想怎么不对劲。

而我也很难说，我对岑则数十年如一日毫不动摇、毫不掩饰的厌恶，到底是不是钟妙初分手的诱因。

文曲江没有和玉玉在一起，我对他也不大关心，玉玉开了家武馆，每天开开心心教女孩儿们武术，时不时到我家蹭饭。

我身边没有为了迎合我而发生的不合逻辑的事，我没有像岑则那样被所有人捧着。

我还是会因为刚抱回家的流浪猫到处小便而不得不洗地毯，还是需要我爸妈的指点才能避过合同上的坑，还是得捏着鼻子吃玉玉所谓的改良料理，还是要被钟妙初强迫着健身来增强体质，还是寻寻觅觅最后和工作结为连理。

我还是有不如别人的地方，我还是个普通人。

但我隐隐觉得，这一次，我已经成为自己的主角。

-END-

COOL GIRL

COOL GiRL
x
xxxx

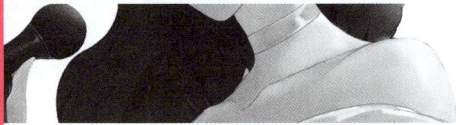

. D R A M A

B R A M A
R A M A

你我#不过一场戏

Drama

文 ΛΛΛ 大壮

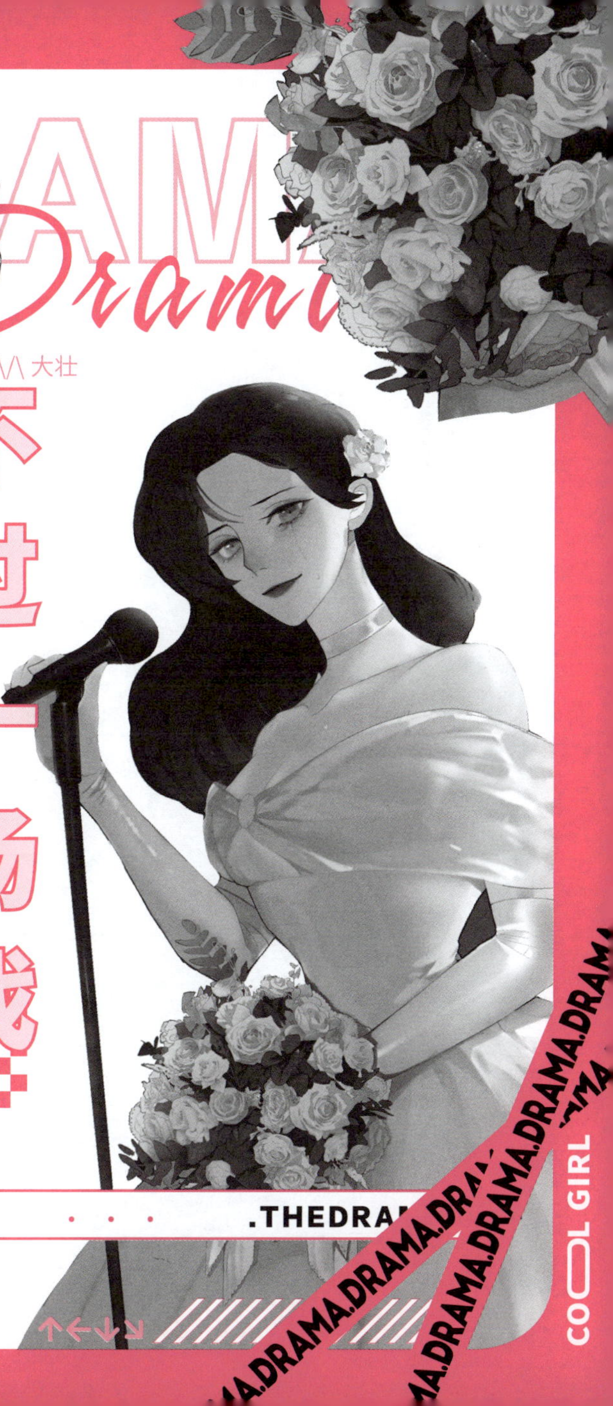

你我不过一场戏

文 大壮

我是一条有作家梦的咸鱼。

01

江承意梦见了叶其铮。

一开始是他们开剧本讨论会，叶其铮倚在会议室门口，一脸严肃地对她说："师妹，昨晚是不是没睡好？我看你脸肿得像个小笼包一样。"

她认真地求证："真的吗？我昨晚没喝很多水啊。"却发现他哈哈大笑，一脸得意。

忽然场景又变换成拍戏时的间隙，叶其铮在不远处的一棵树下冲她兴奋地招手。

"师妹，师妹，快来看，树上结了好多大杠果！"

而后无数个场景重叠，都化为叶其铮一声一声的"师妹"。

从梦中醒来，江承意睡意全无，她干脆舍弃温暖的被窝，下楼溜达。一到大堂就看到导演裹着个大棉袄，穿着拖鞋在门口的垃圾桶旁边抽烟，一根接着一根。十月的内蒙古，夜间温度已经接近零度，他倒也不怕冷。

导演看见她出现，也不惊讶，不急不忙地吸完最后一口烟，才终于慢悠悠地开了口："你今天演百里久与李云之重逢的那场戏，情绪很到位。"

江承意笑了："导演现在变得这么会夸人了吗？"

"比起当年你拍《惊鸿》的时候可是进步太多了，该夸还是得夸。"

《惊鸿》是她拍的第一部戏，是这部戏让她遇到了叶其铮。

那部戏中，叶其铮饰演男主钟怀麒，一名惊才绝艳的少年将军。他被奸人所害，中毒后丧失记忆，心性大变，本来稳重寡言的小将军变成了一个话痨的浪荡公子。小将军的友人及部下费尽心思，花重金请了药王谷的新任谷主给他解毒。

江承意饰演的就是这个谷主，名叫庄月。

庄月这个角色在剧中只是一名女配角，与男主并没有什么爱得死去活来难以忘怀的经历，甚至能称得上感情戏的戏份也屈指可数。可就是那寥寥的几场戏，让庄月与钟怀麒的 CP 经久不衰。

其中一幕，便是让江承意 NG 了二十几次，至今都难以忘怀的那场戏。

一行人在回京路上历经几次暗杀，而后众人分散。庄月与钟怀麒来到一座镇子，镇上正逢灯会，一派宁静祥和。他们在漫天的花灯下并肩而行，一时间竟有种奇异感，仿佛刚刚的九死一生只是一场梦。

初见时，钟怀麒便是一副吊儿郎当又聒噪的样子，从来没个正形，庄月对他向来嫌弃。可是这个浪荡公子在杀手的凶猛围攻下，一直全力护着她，她才始终安然无恙。

钟怀麒仰头在看花灯上的灯谜，而庄月在看他。连她自己都不知道自己现在的眼神有多温柔。

那场戏中，庄月对钟怀麒生了情。可她也明白，她注定只是他这一生中的过客。

"Cut！"导演从监视器后抬起头，满脸严肃。

"你眼神里的感情不对，你自己都没有抓住那个感觉，观众又怎么能体会到？再来一次。"

导演一遍又一遍地磨戏，叶其铮一遍比一遍演得好，而江承意却始终找不到那种感觉。已是半夜将至，别说周围的工作人员，连江承意自己都是焦躁不安。既为了自己的演技不到位而难受，也为耽误了别人的休息时间而内疚。而和她对戏的叶其铮却一直态度很温和，没有对她表现出半分不耐烦。

"Cut！你们俩刚刚没有对视上。"

"Cut！眼神变化的节奏不对！"

"Cut！还有一句台词没说！"

变故是在拍第二十三条的时候发生的。江承意与叶其铮正在对戏，场外忽然有许多人在大喊"小心"。江承意还未反应过来，便被叶其铮一把揽入怀中，随即江承便意听到了叶其铮的一声闷哼。

众人七手八脚上来，把叶其铮扶到一旁。

罪魁祸首是一支用来悬挂花灯的长竹竿，大约是固定的绳子没有绑好，从空中落了下来。

叶其铮的助理又担心又生气，一个劲地数落他："也不清楚是个什么情况就不管不顾地扑上去，现在好了，你疼你的，别人倒是好好的。要是伤了脸，毁了自己的前途，我看你怎么办。"

大家都还是新人，江承意听出这话里话外对她的不满，却也无可奈何，毕竟他的确是救了自己。

明明还疼得直吸气，可他还是笑着说："英雄救美这种事我还没有做过，想试试嘛。大家别担心，毕竟我可是男主角，有主角光环呢。"

大家都笑了起来，气氛也变得轻松不少。

众人见叶其铮还有兴致开玩笑，估计没有什么大事，加上布置满场的花灯着实浪费时间，就又重新开始这一条拍摄。

前面都很顺利，到了最后一个场景，江承意看着叶其铮离去的背影，发现他的左肩在微微抽动。这只是一个极其细微的动作，如果不是今晚看了二十几次他的背影，江承意大概也发现不了异样。

她不知不觉地走了神——左肩，是刚刚被竹竿砸到的地方。那竹竿上还挂了好几盏木制的花灯，下坠的力量不容小觑。

她想，他一定很痛。原来被人救了，是这样的心情。

"Cut！好，过了！"导演终于露出了满意的笑容。众人纷纷发出"下工了"的欢呼声，开始收拾东西。只有她还直愣愣地站在原地。

"师妹，怎么？突然过戏了，有点开心到无法动弹啦？"她一抬眼，就看见叶其铮站在灯火阑珊处向她扬眉。有风袭来，吹起他额前一缕发丝，公子好似画中仙，教她忘了言语。

见她仍旧不动，他走过来，笑着戳了戳她头上戴的小蝴蝶发簪。

叶其铮好看吗？能做男主角的自然好看。眉眼如画，鼻梁高直，身材笔挺。

江承意在剧组开讨论会第一次见到他时，说没有被惊艳到是假的，但这也不过是正常范围内的范花痴。连叶其铮因为和她一个学校而称呼她为"师妹"，她也没有什么受宠若惊的感觉。一起拍戏熟了之后，两人更是称兄道弟，关系纯洁得不得了。可现下她却因为叶其铮的一个动作而心跳加快，怪不得故事里都爱写英雄救美人的戏码。

"咳咳。"导演的咳嗽声将她从回忆中捞了出来，"怎么突然不吭声了？"

"想到拍《惊鸿》已经是十年前的事情了，有些感慨。"

十年岁月，足够她脱胎换骨，从当初的小配角变成了现在当仁不让的女主角。

导演饶有兴致地看她："都十年了，你和叶其铮怎么还没在一起？"

"我表现得有这么明显吗？"被人戳中心事，江承意呼吸一滞。

"你眼里没有情，观众又如何感受到情？十七八岁，初出茅庐，谈何演技，不过是以真情动人罢了。可别否认，我这做导演的眼睛可亮得很。"

江承意没想否认，也无从否认，她喜欢叶其铮，这本来就是事实。

导演长叹一口气，带着一点过来人的意味："要抓紧了，别犹豫，犹豫来犹豫去，煮熟的鸭子也会飞了。"

说罢，便自己一个人裹紧身上的大棉袄，趿拉着拖鞋走了。

江承意看着他的背影有些惆怅，原来以为自己隐藏得很好，可没想到早就有人识破。可是那个人，他知不知道呢？

02

从剧组归来，难得在家休息两天，江承意又投身到新的工作中——拍摄杂志封面。

她正在化妆间化妆，经纪人洪婧左手捧了一叠剧本，右手拿着手机，走了进来。

洪婧脸上带着一丝冷笑："这些狗仔也真是够无聊的，你机场照穿成这样还要发出来，发就发了，这措辞说的是什么玩意儿，什么'神情憔悴''黯然神伤'……"

化妆师正在给她倒腾发型，江承意只得用余光去瞟手机屏幕。就这张照片来说，头发凌乱，双眼无神，描述还是挺到位的。

"这种照片现在也算不上什么，又何必在意？"

洪婧双手叉腰，眼神炯炯："那怎么行！你可是我的招财童子！谁黑你，就是和我过不去！"

江承意送她一个白眼。

经历过当年那一场风波，后来的各种诋毁对她来说都是小菜一碟。

那是七年前的事了。有人扒出一个模特网站里面的人会去做一些见不得人的勾当，于是大家开始兴致勃勃地将网站上发布过的照片全部找出来，看看里面是否有熟面孔。其中有好几个女演员照片，也包括她。

那个时候她已经开始演女主了，在那一堆照片里算是知名度较高的演员。于是滔天的脏水开始往她身上泼，有几个账号言之凿凿，说看到她出去陪有钱老板们，连吃饭的细节都描述得有鼻子有眼，好似他们目睹了全过程。而看热闹的大众才不会去鉴定事情的真假，只顾你一言我一语，为这热度添油加醋。

照片只是她上学时拍过的模特写真，天知道为什么会被放到那个网站上。舆论让她陷入了绝望，明明是莫须有的事情，如何能自证清白。

她躲在家中，一条一条看网上的评论。成千上万的人骂她，对她施以世界上最狠毒的诅咒。还有许多所谓朋友的人，明面上打着"关心"的旗号，暗里却只想着一探究竟。

那个时候的她远没有现在坚强，不知道如何是好，只能每天以泪洗面，连门都不敢出，生怕媒体知道她的住处。

后来叶其铮给她打来电话。他说："师妹，我相信你，你不是那样的人。我会帮你。"

一句话让她泪如泉涌。他还什么都没有过问，却无条件选择信任她。

事情发酵到热度最大的时候，恰逢叶其铮的第一部电影作品上线。电影团队举办了一个大型的发布会，邀请了很多圈内比较有名气的媒体，他在这样的场合里，为她洗脱污名。

时至今日，江承意仍然记得当时他说过的每一句话。

他说："我师妹江承意，最近遭受了一些非议，她是清白的。我在此恳请各位媒体朋友能够给她一个澄清的机会。"

他是被誉为"同时拥有演技和人气"的新星，是电影圈前辈也看好的接班人，他拥有光明的前途。然而他赌上自己的未来，去为她作保。

屏幕里的他站在那里，眼神诚恳而又笃定。他说他会帮她，便将自己化为一盏孤灯，让她在这无边黑暗中得以窥见天光。

如果问江承意是什么时候对叶其铮情根深种，救她的那一次是爱意的萌发，而这一句"她是清白的"则是她着迷的开始。他那么好，所以她避无可避。

洪婧没有注意到她的走神，将手上的剧本推到她面前。

"最近递来的剧本我都看过了，这三个是质量比较好也比较符合你偏好的。"

"分别是讲什么的？"

"这本《卿本佳人》是讲民国大小姐沦为交际花的，《完美童话》讲的恋人久别重逢、破镜重圆的，《秘密》讲的是职场女精英暗恋男精英的故事。"

"这几部戏男主角的选角都接触了谁？"

"《卿本佳人》想找有名气的女演员带个新人，《完美童话》接触了吕黎阳。"

江承意一脸嫌弃："他？我不想和他合作。"

"《秘密》那边说他们接触了叶其铮，叶其铮看了剧本，也挺感兴趣。"

江承意闻言，从那一大叠纸稿中缓缓抽出《秘密》的剧本，翻开了简介。

"导演是张衍。剧组应该挺靠谱的。这故事感觉也不错。"

洪婧半靠在梳妆台前，一脸似笑非笑地看着她。

"最不错的应该是男主角的选角吧。"

"师兄的演技本来就很好。"

"是是是，你的师兄什么都好，那你问问他，男主角接不接？定下来了我也可以直接找剧组签合同了。"

江承意抬眸看向洪婧，她眼角那抹微微上挑的银色眼线让她的眼神看起来多了几分锐利。

"合同的事，师兄怎么会管。不如你打电话问问楚博哥，他肯定非常清楚。"

洪婧一点儿也不怕她，直直地迎上她的目光，笑着说："我倒是可以给楚博哥打电话，但是你可就少了一个给师兄打电话的机会了。"

其实江承意从没有向洪婧坦白过自己的感情，虽然大家一起并肩作战了很久，却总还是有些东西避而不谈。她这样一个胆小的人，又怎么能向别人掏心掏肺。但就像书里说的一样，爱情和咳嗽都是无法隐藏的东西。

洪婧曾经说："承意，你要勇敢点。"

可勇敢之于她，就像一株幼苗，要经历过漫长的岁月，才能长成参天大树。她只有足够优秀，才有勇气站在他身旁。

03

金凰奖作为国内业界倍受认可的大奖，颁奖典礼向来十分隆重。

江承意作为今晚"最佳女主角"的大热人选，盛装出席，一露面便让无数人惊艳不已。

典礼流程已进行到三分之二，离"最佳女主角"奖项揭晓的时间越近，江承意越是紧张，甚至连手都有点微微颤抖。旁人若是看到她，大约只会以为她是太过在意这个奖项，可只有她自己知道，她的紧张大半是另一个原因——叶其铮是上一届的"最佳男主角"，也是今晚的颁奖嘉宾。

"下面有请我们的颁奖嘉宾，叶其铮先生，为我们揭晓今晚的最佳女主角奖，欢迎！"

他手持信封，站在话筒前面，仅仅一个抬眸微笑，便惹得满场尖叫。

"下面由我宣布，第二十五届金凰奖的'最佳女主角'是——江承意！她凭借在《雾色不再来》里面的精湛演技打动了我们的专业评审团，得到了评审们的一致好评。"

无数的摄影机对准了她，无数人的目光投向她。这里面，也包括叶其铮。

她从座位上优雅起身，向周围为她鼓掌喝彩的同行们报以微笑，然后提起裙摆，走上颁奖台。

在那些难熬的被诋毁的日子里，她只要一想起他的那句"我相信你"，总会重新燃起斗志。于是她抱着"总有一天，我要和他站在同一个高度"的信念，拼着一口气，终于一步一步堂堂正正地走到了今天，也走到了他面前。

与此同时，与电视直播同步的网络直播平台下也跳出无数条评论。

"世纪之抱！叶其铮 × 江承意！绝配比心！"

"呜呜呜，我心心念念的神仙 CP！"

"啊啊啊，哥哥和姐姐要在一起啊啊啊！！！"

"五年了，终于又看到他们同框啦！撒花！"

"啊啊啊，把无关的人裁掉，就是他们的婚礼现场了！"

视频里，她身着白色丝质露肩大摆裙，一步一步走上舞台。而舞台上，有身着西装的叶其铮微笑着看她款款而来。十年光阴一转即逝，眼前人还是如当年一般言笑晏晏。不过这一次，是自己在走向他。

叶其铮把奖杯与捧花递给了她。她看向他的眼睛，那里面有她的影子。

"师妹，恭喜你啊。"

然后他张开双臂，给了她一个恰到好处的拥抱。

四周明明很嘈杂，可是被他拥入怀中的那一刻，江承意还是清晰地听到了自己如鼓的心跳声，真是无可救药。

江承意回到公寓的时候已经是半夜一点了。典礼结束后剧组的人闹着要一起庆祝，她无法拒绝，于是想要和叶其铮多说几句的愿望便落空了。

或许是因为终于和他站在了同样的高度上，又或许是酒壮人胆，她终于鼓起勇气，拨通了他的电话。

她知道他不是个夜猫子，本来不抱什么希望，可是过了几秒，电话却忽然接通了。

"晚上好啊，师妹。"声音是一如既往的温和。

她却一下子变得手足无措，只能磕磕巴巴地，像小孩子炫耀一般地说："师兄，我拿到'最佳女主角'了。"

"我知道的呀。再次恭喜我们优秀的女主角。"他声音中的笑意过于明显。

接下来说什么呢？江承意的脑子一片空白，所幸叶其铮也不催她。

时间仿佛静止了，通话中只剩清浅的呼吸声。

"师兄，我听说你也收到了《秘密》的剧本，你有没有兴趣和我一起出演？"明明只是合作邀约，江承意却觉得脸微微发烫。

"抱歉师妹，这是个很好的剧本，只是由于一点个人原因，我没办法出演了。我要结婚了。"

最后几个字明明云淡风轻，可对她而言无异于晴天霹雳。

"那个女生是谁？"

"你们不认识的，她是个圈外人，和娱乐圈完全没有交集。"

"那她是个怎样的人，会让你想和她结婚？"

电话那头却没有立刻传来回答。

"抱歉，师兄，我好像太八卦了。不想说也没关系。"

"没有，我只是在想要怎么回答你，跟你说也无妨。"

"她是个……很勇敢的人，和我们不一样。在娱乐圈的人，说话做事都要小心翼翼，多给别人一个眼神，都可能引起一场骂战。这些你也都知道。就算有喜欢的人，也要瞻前顾后，怕被炒作，怕妨碍别人，怕被粉丝骂，怕没前途。

"我是在挪威旅游的时候认识她的。我报了一个当地的登山团，她也在其中。我们俩都落了单，就自然而然组队了。她是华裔，在国外长大，不知道我是明星，所以相处起来比较轻松，不用维持偶像的完美假象。

"后来她向我表白了。不是粉丝对偶像的那种，而是女人对男人的喜欢。她说她不怕被我拒绝，喜欢就要说出来。

"我说我不想谈恋爱，想结婚。她说那就试试吧。"

说完这些话，叶其铮静默了几秒，又再度开口。

"师妹，其实我以前喜欢过你，可是那个时候我也没那么勇敢。我看你那么努力地想发光，我不能成为阻碍你的那个人。"

她努力发光是为了和这个人站在一起，可是这个人却怕自己成为她的阻碍，真是天意弄人。

她还有那么多的话想对他说，这些话从很久以前就攒着，全部哽在她的喉头，一个字也吐不出来。原来她心心念念的过去，不是错觉，只不过在岁月的洪流中最终变成了虚无。

"恭喜你呀，师兄。"这是她最后能说出口的。她的语气听起来，是真心为一个认识多年的老朋友高兴，可是有眼泪缓缓从她的脸颊滑过。

《惊鸿》里，江承意和叶其铮的最后一场对手戏是分别戏。

庄月顺利解了毒，江湖医女和朝廷将军，各归其位。

她离开的那一天，钟怀麒来与自己的救命恩人告别。他风度翩翩，礼数周全，再也不是逃亡路上那个风流公子，也全然不记得自己曾经在刀光剑影中全心全意护过一位姑娘。

他们既非生离，亦非死别，他的出现是个意外，她对他动心，也是个意外。小将军偏移的命运终于被拨回原位，可是小谷主动了的心，却再收不回。这一生，她不会知道，那个人是否对她有过心动。

戏外，叶其铮来安慰她："没关系的，山水有相逢嘛，故事里的人有一天也会重逢的。"

山水有相逢，可她现在才知道，相逢的时候，山不再是那座山，水也不再是那片水。

原来结局早就已在戏中注定，江承意后来演了那么多部戏的女主角，可是在和叶其铮的戏里，却只是最后与他无关的配角。戏里戏外他们都曾并肩同行，最后分道扬镳。

她看着那座代表"最佳女主角"的奖杯，从前心心念念，可是一朝在手，好像也没有想象中那么开心。

江承意缓缓起身，丝质的长裙从沙发上缓缓滑落，纵然带着留恋，但也无可奈何。风从阳台上吹过，将放在茶几上的《秘密》剧本吹得哗哗作响。

　　不一会儿，风停了，只剩一室静默。敞开的那一页剧本上写着这样一段话。

　　"这样的结局，你难过吗？"
　　"难过。可我没有输，我只是不够勇敢。"

－END－

COOL GIRL

没有人知道终日沉迷在杀伐中淡漠无情的 BOSS 曾经对这个世界无比向往，那些向往也再无人可说。

论路人
NPC

如何逆袭成

文 /\/\/\ 清秋桂子

袭成

BOSS

论路人 NPC
如何逆袭成 BOSS

文\\\\清秋桂子

热衷脑补，止于动笔，提笔就废。

　　路人甲是个 NPC，最早出现在新手村，算得上是新手村第一批土著居民。路人甲担任的职务是医师，进入新手村的玩家在过场剧情里被反派揍了之后都是由她救醒的，甚至就连主线男主也是她救的。

　　一般按照这个套路，路人甲拿的肯定是女主剧本，可惜官方觉得她的形象不合适。倒不是嫌她不好看，而是负责这个角色的新手建模师在设计时带入了强烈的个人喜好，以至于她过分妖艳，和常规女主的清纯气质沾不上边，因此路人甲只能老老实实在新手村救人。

　　路人甲的对面是路人乙，主要职责是给新手指路，最常说的就是"这位少侠好身手，前方就是 A 桥，过了桥就能找到 B"之类的台词。

　　最开始新手村没几个号，路人甲一天下来也救不了几个人，闲得无聊了她就跟对面的路人乙聊天："王婆家的瓜又被偷了，车夫的马把郭老头的菜地踩坏了，村口又多了两个乞讨的娃娃，还没有台词，成天跑来跑去捣乱，算命的张半仙被他们吵得慌，一棍子下去把俩瓜娃子敲晕了……"

路人乙沉默寡言，除了念台词很少听见他说别的话。路人甲觉得跟这闷葫芦讲话挺没意思的，就去别的地方串门了。

02

开服之后玩家越来越多，路人甲也没空再去串门，天天忙着救人，忙里偷闲的时候会自言自语吐槽那些新号的建模。

这天又来了个新号，触发了恶霸火烧村落的剧情。村子里四处都是慌乱的 NPC，因为延迟，混在里头逃跑的路人甲一不留神跌倒了。眼看着那火就要烧到她身上，关键时刻路人乙退回来拉了她一把。

虽然火烧到身上不会受伤，但是受到攻击的 NPC 会掉内置经验值。NPC 们的经验值都是 NPC 被玩家触发后一点点积累起来的，相当于他们的业绩，各个地图的 NPC 会有经验值评比，经验值越高的 NPC 后期就越有可能得到开发。

路人甲好歹是新手村一枝花，长期和村口指引的大爷以及出村的车夫竞争经验值。也不知是不是由于路人乙拉了她一把，那个月她的经验值终于超过了指引大爷和车夫，成功登顶。路人甲还是挺感谢路人乙的，觉得这人面冷心热，连带着跟路人乙说的话都多了起来。

除了吐槽新号，路人甲最喜欢打听各种八卦。她昨日说的是青山派的姑娘和碧水门的弟子恋情受阻不得已私奔的故事，今日就转而讲起云霞谷某某弟子其实是门派长老私生子的风月桥段。没有新故事的时候，她会说些在其他地图盛传的杂谈，比如主城的长生桥上总有人偷偷私订

终生，或是桥下卖的长生锁比别的地方贵了三倍等等。

路人甲讲起八卦来一脸亢奋，滔滔不绝，但末了总会有些意犹未尽。大部分八卦她都是从唯一能离开新手村的车夫那儿听来的，车夫能经过的地方不多，八卦也只是道听途说，总是没头没尾，只剩些边角料。

"总有一天我要攒够经验值去外面看看，外面的世界肯定很精彩。"立志要做新手村第一八卦小能手的路人甲向往地说。

"那就祝你早日实现。"沉默的路人乙终于回了一句。

03

主线剧情逐渐往后推进，男女主的恋情也逐渐明朗，官方决定找个女配给男主助攻。兴许是想起路人甲救过男主，再加上她长得很妖艳，策划最终拍板，一号炮灰女配就是她了。

路人甲成功晋级为女配，激动地拉着路人乙说个没完。

"新地图的人会不会不好讲话啊？那可是城里欸，他们会不会排外啊？"

"这倒不至于吧。"

"不过听说城里吃的很多啊，什么灯芯酥、芙蓉糕、梅花饼……对了，他们那边还有丝绸商，可以买到新式布匹！这次在新地图会不会给我换身衣服，如果能做新衣服，最好是那种大袖子、长裙子……"

本来想安慰她两句的路人乙闭上了嘴。

路人甲就这么成了新手村第二个离开村子的NPC。

进了城当女配的路人甲被设置在客栈里，接待路过的男女主一行人。

男女主此时还处于互相试探的阶段，路人甲的任务是要凭借她救过男主的前缘接近男主，在关键时刻对他嘘寒问暖，让女主产生危机感，从而使得他们完成互表心意这一重头戏。

立志要当新手村第一八卦小能手的路人甲表示这剧情太对自己胃口了，零距离见证男女主表白，想想就带劲儿。

路人甲快速融入了客栈，和周围一众NPC打得火热，不出几天，她就掌握了所在新地图九成的八卦，甚至连女主表白时的穿着配色有什么讲究她都能说得头头是道。

同时，路人甲还继续在新手村救人，她在村里的话变得更多了。

每到夜深人静没人在线的时候，新手村里就开起了茶话会。路人甲摆张桌子，随手找块木头当醒木，从男女主初见一路说到私订终生，中间历经各种坎坎坷坷跌宕起伏；又从客栈门口走失的小孩说到某组织夜黑风高时暗害朝中大人物；再从客栈掌柜身世说到主城的兴衰荣辱。

路人乙在人群后面远远地望着，见她说到兴起处唾沫星子四溅，心里感叹，路人甲更适合去主城里当个说书的。

路人甲毕竟是第一个女配，再加上她和女主形象完全不同，一出村就受到了玩家的热烈欢迎。策划趁热打铁，给路人甲换了妆造，并且增加了戏份。

路人甲开始被各种安排，男主碰到麻烦了她去提示，男主被抓了她指引人去救，男主跟女主吵架了她去劝，男主情感困惑也是她去开解，就连男主遇到瓶颈也是她去充当线索，总之她就像个工具人，哪里需要哪里搬。策划一心想把她塑造成男主的红颜知己。

可是路人甲不想当男主的红颜知己，她只想当个吃瓜群众，跟着男主的剧情走多了，她吃瓜都没那么方便了。而且男女主那点儿纠结来纠结去的恋情她都看腻了。

"我觉得我的定位其实就是男主他妈，他是个巨婴啊！还要我教他谈情说爱，女主生气了不会去哄啊，跑了不会去追啊，还一脸傻样问我该怎么办，这俩人的情商我怀疑都不超过五岁的水平，幼稚得要死。"路人甲不禁向路人乙抱怨。

"唔，这也证明你现在越来越受欢迎了。"路人乙说。

"那倒是。我跟你说，新地图的糖葫芦特别好吃，有机会你一定要去试试看。"得益于番位的上升，路人甲光是妆造就换了三套，还解锁了新的地图剧情。每每说起外面的情形她都特别高兴，连路人乙都想看看外面究竟是什么样子了。

更重要的是，他想看看外面的路人甲是什么样子。

04

由于路人甲换装造火了一把，官方准备给她换第四套，不料却忽然引起了一波玩家的抵触情绪，网上骂声一片。

一个合格的女配，应当在该助攻的时候助攻，在该消失的时候消失。像路人甲这样动不动就搅和在男女主之间，还在女主被气跑时"趁虚而入"的行为，简直太有心机。再加上她还长得很"妖艳"，于是她顺理成章地被骂惨了。有些非常讨厌路人甲的玩家，甚至在地图里对她直接进行攻击。

路人甲平日里吃瓜吃多了，没想过有朝一日会吃到自己的瓜。被扣了一口大锅的路人甲表示很忧伤。

玩家的喜恶风向影响到了其他 NPC，路人甲在新地图里混得就没那么开了，渐渐有 NPC 开始在她背后说三道四，窃窃私语。路人甲表示很气愤，你们当我乐意管这俩人吗？谈个恋爱跟失了智一样，成天动不动就被抓。

路人甲最大的特长就是能说会道，她一气之下决定要挨个怼过去，来一个骂一个，来两个怼一双。一夜之间怒战大半个地图，无一对手。

这天，又有玩家对她进行攻击，骂完大半个地图的路人甲一不留神骂了句脏话，而且是 NPC 台词库里没有的脏话。

就连攻击她的玩家都愣住了，诡异之余火速告诉其他亲友，引来一帮人对着路人甲打，就为了触发那句本不该存在的脏话。但无论他们怎么打，都只能听到系统里那几句重复的台词。头一个攻击她的玩家不信邪，一直打一直打，打得她的经验值噌噌往下跌，最后路人甲都怀疑人生了。

于是路人甲忍无可忍骂了第二句脏话，然后这句脏话被截屏了。

路人甲完全没想过那两句脏话带来的后果会这么严重，她的面前排满了前来揍她的玩家，似乎全是为了印证那张截图来的。

这回，被打成筛子的路人甲除了反复念台词，一句话都不敢多说了。

她觉得这帮玩家简直有病！

这么卖力就为了找骂！

路人甲低估了这帮玩家无聊的程度，他们开始丧心病狂地在其他地图里尝试攻击她的号，其中也包括新手村。

一夜之间，这帮玩家就变得犹如剧情里屠村的恶霸，只是被针对的

COOL GIRL

只有路人甲一个人。

连路人乙都忍不住问她是不是在外面得罪了什么人，要知道他每天帮路人甲挡攻击挡得经验值都快跌到负数了。

路人甲虽然热衷于八卦吃瓜，但是自尊心还是很强的，自己被骂成插足者这种八卦她打死都不会说。

新手村是新玩家入门的地方，在其他地图怎么打都行，但在这里，NPC被一堆人堵着打严重影响了其他新人正常做任务。再者，新玩家一进新手村就看见这么一大帮人把NPC打得不像样，影响也太恶劣了，不知道的还以为这是什么暴力游戏。

于是官方直接取消了路人甲在新手村的功能，并把新地图的路人甲也设置成了隐藏触发模式。

新手村终于恢复了往日的平静，村里NPC们的经验值全部被重新刷新重置了，路人乙被误伤所掉的经验值也得到了恢复。他对面救人的NPC换成了一个老大爷，老大爷随遇而安，热衷于打盹，救人的时候常常忘词，有时候路人乙忍不住就在一边提醒他。

路人乙记得所有救人的台词，老大爷则一脸欣赏地看着他："真是个敬业的好孩子。"

05

对面终于没有人再叽叽喳喳，路人乙却觉得太安静了。尽管新手村的一切都在有条不紊地进行，路人乙还是觉得这儿安静得过分，眼前熟悉的一切好像都变成了他完全不认识的样子。

救人的老大爷看出了他的想法，颇为高深地说道："不是这个村子变了，是你变了，年轻人，你心里缺少了东西。"

路人乙不觉得自己缺少了什么，实际上他本来就什么都没有。

他只是这个世界众多 NPC 中极为普通的一员，人设一句话就能说清，他的整个人生也都只会在简单的剧情对话中度过。就和大部分路人 NPC 一样，被玩家触发，然后推动任务和剧情，这是他们存在的意义。

路人甲和他完全不同，他无法理解为什么会有 NPC 那么爱说话，每天叽叽喳喳地说个不停，就好像设计的时候给她额外添加了单独的词库一样。

路人甲和他说话时他也总是不知道该怎么回答，他只会说"这位少侠好身手，前方不远处就是 A 桥"。

他大概是个很无趣的 NPC，但是路人甲显然不是的。

路人乙有时候会羡慕她，为什么她可以把这么简单的人生过得有滋有味。路人乙想，或许在本质上他们就不是同类吧。

当路人甲终于得到发掘，村里的 NPC 都在暗暗嫉妒她，私下说她只不过是沾了男主的光而已时，只有路人乙觉得这一切都是顺理成章的，路人甲本来就不该一直待在新手村做个普普通通的路人。

接触到外面的路人甲果然很高兴，她对着他说了很多关于外面的事情。路人乙对新手村之外的事情并不太感兴趣，他心里很清楚，外面的地图他也许永远都不会去。但是路人甲太兴奋了，几乎整个村子的 NPC 都知道了她那个客栈里发生的鸡毛蒜皮的小事，尤其是站在她对面的路人乙，连客栈外面的树林里有几只鸟他都被迫知道得清清楚楚。

忽然之间，什么都没有了。明明眼前的一切才是一个正常的新手村该有的样子，所有人按部就班，做着他们本该做的事情。可路人乙心里空落落的，他莫名有点想念路人甲那些似乎没什么实际意义的唠叨了。

"年轻人，有花堪折直须折，莫待无花空折枝。"老大爷一边顺着胡子一边感慨。

"啊？"路人乙不明所以。

"我以前是管书房的。"老大爷说，"这句诗我印象一直很深，意思就是劝你们这些年轻人抓紧时间，想做什么就做什么。"

路人乙并没有想做的事情，理想这个东西在NPC身上并不存在，路人甲那样的NPC是个例外。

但不知是不是被路人甲念叨多了，他也变得有些不切实际起来。路人乙在老大爷念出"莫等闲，白了少年头，空悲切"的时候，心底忽然间翻涌起一个不可思议的想法，这个想法一点点地占据了他的脑海。

06

从车夫那儿乘车是离开新手村的唯一渠道，实际上车夫离开时车上并不只有玩家，还有其他作为背景板的乘车人。

路人乙作为一个普通NPC的好处就是长得足够路人，他坐车走时完全没人发现不对劲。

明明只是跨了一个地图，路人乙却好像去了另一个世界，看着陌生的景象，他茫然之余有点理解路人甲为什么会那么向往外面的地图。高大的城门，巍峨的群山，远处是熙熙攘攘的港口，各式各样的人在这里聚集，足以让他眼花缭乱。

路人乙凭借着路人甲描述过的情景和自己的观察一路找到了那个客

栈。

正如路人甲说的那样，客栈门口是一棵大桃树，桃树上面有六只麻雀，树下有条老黄狗，狗是客栈掌柜养的，客栈门口的小二见到谁都一甩毛巾笑说"客官里面请"。

站在柜台后面拨算盘的就是客栈掌柜，胖乎乎的留着八字胡。

"掌柜，我找个人。"路人乙上前。

"这位少侠……"客栈掌柜开始念剧情台词。

"咱们是同行。"路人乙指了指头上飘浮着的名字，示意自己是个NPC，接着又说出了路人甲的名字。

客栈掌柜皱起了眉头："她早就不在这儿了。"

"我有很重要的事情要找她。"路人乙说。

"你们都这么说，去去去，看热闹不嫌事儿大。"客栈掌柜像是见多了这种过来打听的。

"我是从新手村来的，"路人乙一本正经地说，"我找她要债。"

客栈掌柜愣住了，又仔细看了看他的名字，很少有NPC会私自跨地图，擅自离岗对经验值会有很大影响，而且眼前的NPC看着确实面生。客栈掌柜心想：如果真是这样，都被人从新手村一路找过来了，得是欠了多少经验值啊。

于是客栈掌柜同情地告诉他如何触发路人甲。

07

被设置成隐藏触发角色的路人甲快憋疯了，如果没人走她这条剧情，她压根就不能出现在地图里，这就等于她被变相关进小黑屋。她肠子都悔青了，当时为什么要说脏话。

客栈剧情终于又一次被触发，路人甲准备好开始营业，等她看到来人时，惊讶得下巴都要掉了。

"我真傻，真的。"路人甲拉着路人乙一顿诉苦，自从出了玩家暴力袭击她的事情之后，周围的NPC对她都无好感了，好像她真是什么祸国殃民的狐狸精一样。最要命的是，她现在被隔绝了，除了走剧情的玩家根本没人跟她说话。她见到路人乙简直不能再激动了，一开口就跟竹筒倒豆子似的。

"有什么我可以帮忙的吗？"路人乙想了想问。

"有，如果你不介意，麻烦帮我去门口买几个烧饼。"路人甲说着塞了一把经验值给他，"五点经验值一个，他要卖贵给你，你就讲价。"

远远看见这一幕的掌柜直叹气，这小伙子太老实了，要个债都不会要。

路人乙给她买了烧饼回来。

路人甲一边和他一起啃烧饼一边跟他天南地北地闲扯："南山谷的兰花听说开得漫山遍野，整个山谷都是一片蓝紫，漂亮得不得了……北海的岛上有海鸥成群结队地飞过，运气好甚至能看见鲸鱼喷出巨大的水柱……东境有长了会发光的角的仙鹿……哎呀，等我哪天出去一定要逛遍整个世界地图。"

路人甲话痨的性格一点都没变，路人乙本来只是想看看她现在怎么样了，听到她这句话他脑中忽然又冒出一个想法。

"我替你去看看吧，你还有哪些想去的地方？"

路人甲闻言吓了一跳："你不回去了？"

"不想回去了。"路人乙摇摇头，"我也想出去看看你说的那些。"

"可是，这种事情从来没有人做过。"路人甲虽然爱八卦，但遇到这种涉及 NPC 根本的事也严肃起来。

"没关系，我可以尝试一下，毕竟我已经成功到这里了。"

"不行，如果你不在原位早晚会被查出来的。"路人甲皱起眉头。

"只要经验值保持在正常水平就可以了，那么多 NPC，没人认得出来。"路人乙说，"而且我那条线任务很简单，我可以找人帮忙，顶替你原来位置的是个老大爷，我的任务给他并没有太大影响。"

"那你的经验值怎么办？"路人甲想了想，"我倒是可以转给你，我的任务等级比你的高，经验值累计得也快，但是你确定真的要这么做吗？"

"嗯，有花堪折直须折嘛。"路人乙说。

路人甲：？

08

路人乙真的开始在各个地图间游荡，他就像个真正的游侠一样，足迹踏遍四面八方。每次走完一个新地方他都会回去找路人甲聊天，告诉她一路上的所见所闻。

聆风崖上的断剑边有个白发道长守着，断剑上有一截红线系着半块玉佩；琳琅台上的姑娘会跳十五种舞步，听说其中有一种青鸾舞是专门为心上人跳的；望海潮边有少年扬帆出海，也有耄耋的老人在岸边垂钓……

开始的时候路人甲还会忍不住好奇插话，后来慢慢变成了他在说，路人甲在听。

那些曾经没有想象过的地方他一步步地走了过去，他从这个世界最开始的地方，踏过逐渐发展壮大的地图，他见过那些风云交际的大人物，也见过生存在底层的普通人。地图里的刀光剑影、恩怨情仇、各地不同风物胜景、俗世过往，以及那些形形色色的玩家和他们之间发生的故事，他把这些一一记在心里，再说给路人甲听。

路人甲越来越期待他的到来，身在隐藏剧情里，她唯一能接触到的外界角色就是路人乙。而路人乙会向她娓娓道来，说那些山川湖泊，人情冷暖。路人乙说话不像她喜欢加很多自己的看法还有语气词，他的叙述平稳清晰，在不知不觉中引人入胜，路人甲有时甚至觉得她在透过路人乙看这个世界。

09

策划突然被换了，一切的转机也由此而来。新策划一上任就对人物剧情进行大刀阔斧的改造。首先是男女主——原来那些傻白甜的降智恋爱桥段统统被删掉，男主人设更加偏向有血有肉、爱恨分明，关键时刻十分可靠的样子。而女主一改原来动不动就气跑的性子，变得沉稳冷静，识大体、知进退。之后的剧情男女主两人携手共进，情比金坚。

男女主改动后就显得女配没什么存在的必要了。新策划看女配原来有过不小的热度，再一看后来发生的乱七八糟的绿茶事件，被这种把一手好牌打得稀烂的操作气笑了，果断把路人甲也拎出来改造。

路人甲被丰富了人设，成了某个邪教的后人。当年这个邪教就是被男主父亲摧毁的，被救走的路人甲阴差阳错又救了男主，然后在不经意间发现男主是当年灭门仇人之子，路人甲怒从心中起，决心暗中报复，于是故意破坏男女主感情。

为了增加女配戏份，策划又设计了女配被男主打动，复仇之心摇摆不定，最后为了还男主人情慨然赴死的剧情。

这个走向十分狗血，策划十有八九是写小说出身，人设立得十分优秀。男女主虽然是正派形象，却也不是刻板的完人设定，反而是平凡之中凸显出大气。而路人甲内心的艰难抉择又体现得恰到好处，血肉丰满，整个剧情安排得扣人心弦、荡气回肠。

预告出来后男女主的人气果然涨了一截，而女配因为当初被黑得太惨，虽然人设大改，还是有不少黑粉在。策划眼光独到，黑红也是红，论热度女配比男女主都要高，于是紧接着拍板给女配重新建模，一不做二不休干脆开了个邪教副本，女配就是 BOSS。

路人甲简直就跟坐了直升梯一样，从被雪藏直接翻身成了副本BOSS，副本 BOSS 不仅意味着她在世界地图风云榜里榜上有名，最重要的是她还能拥有一块属于自己的地图，她就是这个地图的老大，简直就是改头换面重新做人。

从某种意义上她也确实是重新做"人"了，毕竟她都重新建模了。为了新副本的热度，她原来的旧形象都被删掉，只等着新副本一开以全新形象示人。

路人甲兴奋地想告诉所有人她咸鱼翻身时来运转了，尤其是路人乙，她要告诉他，以后在她的地盘横着走都没问题。

新副本还未开放，除了副本剧情里的其他小 BOSS 她谁也见不到，路人甲按捺下激动的心情开始期待即将到来的新版本。

更新如约而至，不出所料，路人甲获得了空前的关注，一时间众星捧月。

她忙着适应新身份，心里也在暗暗期待路人乙看到她新造型时的神情，在副本开启的这段日子里她始终是话题的中心，路人乙不可能还像以前那样来找她，路人甲也理解，只是她迫不及待想和路人乙说很多很多事。

然而路人乙一直没有来。

10

路人甲找很多 NPC 打听过，如果是打听一个比较有辨识度的 NPC 倒也罢了，打听路人乙最大的不便在于，没人知道你说的到底是谁，总之路人甲毫无收获。

路人甲等了很久，最后等得不耐烦了，干脆趁着系统维护的时候偷偷溜到新手村。

她这一回当真算得上衣锦还乡荣归故里。如果是以前，路人甲还要吹嘘半天，不过她现在完全没心思东拉西扯，应付几句之后找到她原来的位置，那儿站了个昏昏欲睡的老头，老头对面空无一人。

路人甲问起老头对面的人去哪里了。

老头慢吞吞地睁开眼瞥向她，还没开口，边上就有 NPC 抢先说了："你是说二牛啊，他早被删了。"

"什么？！什么时候的事？！" 路人甲反应过大，那个 NPC 都吓了一跳。

"大概就是传你要重新建模的时候吧，那阵子整个地图都做了整合，有些经验值不达标的 NPC 都被删了，二牛也在里面。"

路人甲的脸色刹那间变得很难看。

老头在一边摇头晃脑："非君不见思，所悲思不见。"

路人甲最后失魂落魄地离开了新手村，临走时老大爷还在吟诗："韶华不为年少留，恨悠悠，几时休？"

11

路人甲越来越喜欢发呆，一句话也不说，两眼放空，副本里其他小 BOSS 看到她这样也不知道她到底受了什么打击，偷偷在私下里讨论，是不是老大真的喜欢上了男主，爱而不得才郁郁寡欢。

对于这些议论，路人甲毫不在意，她发现自己对吃瓜失去了兴趣，曾经无比向往的外界，好像也都枯燥无味起来，唯一在意的，是那些未说完的后续。

长白山的雪莲开了吗，云幽潭那条老龙的谜语有没有人猜出来了，阳平街上的烟花到底什么时候会放，聆风崖那个道士的故事还没有讲完……

只是能告诉她的人再也没有出现。

路人甲觉得自己的日子已经够难过了，然而副本剧情还是要走，男女主照旧要在她面前上演情深似海不离不弃，最可悲的是被硬塞一波狗粮的路人甲最后还要为男主赴死。

路人甲在心底冷笑一声，凭什么。

于是那天的副本剧情出现了这样一幕，本该挺身而出为男主引开敌人的女配纹丝不动，一脸漠然地说道："你算哪根葱？"

打那场副本的玩家都震惊了，只见女配毫不留情甩开男主，在一边冷眼旁观，男主和女主最后是靠自我意志浴血奋战硬生生杀了出去。

并且那场副本的 BOSS 极其难打，二十五人的副本愣是打出了三十五人副本的难度，全队团灭女配也只掉了一半的血。

之后不管副本怎么重启，全部是这样。女配将男主弃之不顾，BOSS 根本打不动，直到某个区服组了个精英团才把 BOSS 扛下来，推倒 BOSS 的时候整个团都气息奄奄。

副本里其他小 BOSS 一致认为他们老大疯了，但作为当事人的路人甲高冷得宛如不是本人，面对旁人劝说也只是不屑一顾："关我什么事，我就是不爽。"

官方开始紧急处理副本 BUG，可是从头到尾查了几遍也没找出毛病在哪儿，一屋子人急得抓耳挠腮，具有敏锐嗅觉的策划让他们先停下，网上的风向出乎他们的意料。

关于女配对男主袖手旁观这件事，不知道为什么，似乎戳中了玩家的爽点。有人直言这才是一个反派应该有的样子，心狠手辣、冷酷无情，甚至还有人专门截图女配那句"你算哪根葱"做成表情包。

女配的热度一下子上来了，策划深思熟虑后，决定维持现状。有人不解，取消掉女配舍身救男主就算了，为什么副本难度不降？

策划高深莫测："副本的难度根本不是重点，重点在于难度上来后的那场首杀。"

那场首杀是一群颇有名气的大神组的团，组的时候大概是偶然，但是策划清楚，这样的阵容以后几乎不会再出现了，而且自那场首杀之后，迟迟没有人再成功打倒过 BOSS。

那场首杀成了一场真正的江湖传说，越来越多的玩家慕名而来打这个副本，能通关的少之又少。渐渐地，这个副本便成为特殊的存在，一边有人怀念着那场阵容浩大的首杀，一边又有人试图通过打这个副本来证明自己。

比起所谓的副本难度，一个充满江湖意味的精神标志才是这个存在真正的价值。

12

路人甲并不知道策划心里的那些弯弯绕绕，她已经做好了承担所有后果的准备，即便已经经历过一次麻烦，她也毫不在乎。

这个世界在她眼里被剥夺了原有的色彩，厌世的路人甲通过抗争发泄她的不满，她没有意识到她的举动让她逐渐成为很多人回忆里最难打的 BOSS。

她也是唯一一个靠着副本战斗力挤入那帮走剧情的大佬圈子的 NPC，毕竟提起她，所有人想到的就是她的 BOSS 身份，她那点剧情反倒显得无足轻重了。

很久之后，在一次风云榜 NPC 的集会上，在座大佬们谈论起各自最具有历史意义的过往剧情，轮到路人甲时，她沉吟了半晌说道："大概是当年被关在主城客栈的时候吧。"

没有人知道终日沉迷在杀伐中淡漠无情的 BOSS 曾经对这个世界无比向往，只是那些向往再也无人可说。

—END—

. PRICESS
PRICESS

. PRINCE

PRINCESS

PingAn

公主平安

文/\/\ 蓼天木

在他们眼里，她只是个标价的玩物。

什么备受宠爱，什么尊贵公主，都是虚名空话。

.THEPR

COOL GIRL

COOL

公主平安

文 蓼天木

没猫没狗，努力加餐饭。微博@蓼天木

✦ 01 ✦

据说，中原公主个个都知书达礼。

"小三子，你帮我看看，这个路引上写的是啥字？"

陆三看着册子上"福安公主"四个字，嘴角一抽，头一次见到不认识自己封号的公主。

据说，中原公主个个都文静贤淑。

"敢打劫我，你们是从哪儿来的，报上名来饶你们一命！"

陆三看着一脚踩在劫匪背上，一手摸着他们腰间钱袋的"福安公主"，竟不知究竟谁才是劫匪。

据说，中原公主个个都上得厅堂下得厨房。

"来尝尝我亲自烤的鱼，我烤鱼的手艺可是深得我师父真传，尝过的都说好！"

陆三看着袖子上尽是油渍，鞋子还被火星溅了个洞的苏富贵，犹豫着要不要接过她手上那串烤得黑乎乎的"鱼炭"。

"嚯，跟我客气什么！"

苏富贵瞧出了陆三的拘谨与抗拒，格外大度地在陆三后背一拍，简单擦了擦台阶，就拽着他一屁股坐了下来。

"你知道咱俩现在是啥关系吗？"苏富贵啃了几口鱼，咂了下嘴，问道。

陆三摇了摇头，烤鱼碎屑掉在了陆三的衣摆上，他抖了抖，却掀起了更多灰尘。手里的烤鱼几次靠近嘴边，又放了下来。

陆三虽然没有洁癖，但也实在做不到苏富贵这样随遇而安。

"咱俩现在呢，就是一根绳上的蚂蚱，要是咱俩没赶到那个临啥国……"

"临渊国。"陆三恰到好处地补充了一句。

"对对对，就是临渊国！"苏富贵越看陆三越觉得这小子真有用，不仅记性好，脾气也不错，和她流浪了这么几天，也没有丝毫怨言。

"如果我没在协约日之前到达临渊国，和那什么皇子完成联姻的任务，别说我们俩命途堪忧，两国的人民指不定都要陷入水深火热之中了。"

陆三撇撇嘴，对她所说的话左耳进右耳出。

如果临渊国真在乎与中原的联姻，为何连个迎亲队伍都不派来；如果中原真的看重这位公主，为何把她嫁到千里之外的异国他乡。

"所以吧，看在咱俩难兄难弟的份上，我也不瞒你了……"苏富贵挠了挠头，纠结着怎么样才能让她接下来的话听起来冲击力不那么大。

陆三心想，随便说，再怎么说也不会比身为公主却能耍刀拿枪更让他惊讶了。反正只要她平安抵达临渊国，完成联姻任务就好了。

只见苏富贵挠了挠头，有点儿不好意思地说了一句话。

"其实吧，我不是福安公主……"

啪嗒——

篝火还在噼里啪啦地燃烧着，黑夜中的亮光照得陆三手里烤鱼的眼珠子反射出诡异的光芒。

✦ 02 ✦

陆三在来中原之前，想了很多。

他想过，如果福安公主有心仪之人，自己必然会对她敬之爱之，绝不会强迫她做不愿意的事情。他也想过，如果福安公主品行不端，性格狠戾，自己必然会把她束之高阁，避而远之。

可他从来没想过，他即将迎娶的公主，是个冒牌货。

陆三，大名陆槿怀，临渊国三皇子是也。

按照父母给他的规划，本来要不了多久，他就能成为据说是中原最受宠的福安公主的丈夫。

可现在，他的人生轨迹被苏富贵轻飘飘的一句"其实我不是福安公主"给破坏了。

"小三子，你在写啥？"

苏富贵看到陆三在小本子上写写画画，好奇地凑过去，换来的却是他与之前判若两人的态度变化。

"把你的名字记在小本本上，以后好算账。"陆三的笔悬而未落，忽然想起一些事儿，又追问道，"对了，既然你不是福安公主，那你是谁，怎么顶了她的身份！

"看你这身手，难不成你是什么江湖大侠，路见不平拔刀相助？"说到"拔刀相助"四字时，陆三的语气已经带有几分揶揄。

"我封号平安，本来没有正儿八经的名字，阿娘给我取了个大俗大雅的，叫作富贵。"苏富贵笑了，随着嘴角的勾起，露出她浅浅的梨涡，"说是和皇帝老儿给的封号凑一对，平安富贵，一生顺遂。"

平安？呵呵！

陆三觉得，苏富贵这人，走到哪儿哪儿就倒霉。

"可你看起来也没顺遂到哪儿去。"陆三适当补了句刀，"刚出塞就遇到了天灾，侍女侍从纷纷走散……或者说是逃窜。寻路又遇到了匪乱，险些把命都交代在这深山老林，哪里算是平安了？"

"也不是都走了啊，至少还有小三子你呀！"苏富贵天生是个乐天派，"还有你对我不离不弃呢！"

她讨好似的往陆三旁边挪了挪，笑得那叫一个灿烂。

"当时福安和我说联姻这事儿时，一听说要陪嫁到别国，我的丫鬟侍女个个头摇得比拨浪鼓还快，生怕我把她们一起带过去。皇帝老儿给的那群护卫也是，大难临头各自飞。但小三子你不一样，从我见到你的第一眼我就知道，你和他们对我是不一样的。"

虽然不是头一回被夸，但像苏富贵这样夸人夸得直白不加修饰的，陆三还是第一次遇到。爱情知识全靠话本教导的他，莫名有点儿脸红心跳，脑子里莫名就浮想起某个话本里邻家小姑娘向主角告白的场景。

也对，这也该到了芳心暗许的剧情了。

他可差点儿救了苏富贵的小命！

一回想起被饿狼追捕的场景，陆三仍心有余悸。那时他尚且顶了个临渊国起居注官的名号，跟在苏富贵身边，观察着她的日常品行。

经过最初的山体滑坡一事，人员就折损了不少，再加上不知是谁传了谣言，说此去必不得归，弄得整个队伍人心惶惶，以至于听到第一声狼叫时，还没瞧见个兽影，队就散没了。

陆三也想跑，可他没法跑。

一来那时他还不知道自己的未婚妻是个冒牌货，二来他是个男人，做不来扔下小姑娘独自逃跑的举动。

最主要的是，有暗卫跟随其后，他至少不会有性命之忧。

于是他决定逾矩拉起"福安公主"的小手，一同避开兽群。

掀开车帘，他看见本应惊慌失措的"福安公主"，正在不慌不忙地涂口脂，瞧见他，还镇定自若地微微颔首，说："你还在呀。我当你同其他人一样都跑了，还想着日后算账呢。"

嫣红的唇瓣有着饱满的弧度，语气中没有丝毫惊讶，仿佛一切都在她的料想之中。

第二声狼叫随之而来，声音也离得越来越近。

嗞啦——

她从装潢精致的马车上一跃而起，夺目的银光瞬间迸射出来。卸下了繁琐的头饰，她穿着嫁衣却动作轻快。乌发绯裙，在山野间迎着山风肆意腾飞。

陆三当时就愣住了。

他听说过中原武术博大精深，却从未想过连一位身居宫墙之内的公主都能有如此武艺。如果不是情况危急，犯了画瘾的他都想当场提笔作画。

一只倒下，两只倒下了，三只……

嵌了宝玉的剑身沾染了越来越多的血迹，危险的局势也被她逐步扭转。如果不是藏匿在暗处的一头小狼突然无声蹿出，打乱了她的步调，陆三甚至连英雄救美的机会都没有。

他无须拿刀持枪，因为他也不会那玩意儿。临渊国谁不知道，他们的三皇子是个实打实的文艺青年，写得了声情并茂的诗词歌赋，打不过刚会扎马步的学武儿郎。

所以，他以肉身为盾，飞扑而去，死死抱住了那头小狼。尖牙划破了他的臂肘，尘土弄污了他引以为傲的脸蛋儿。

陆三都做好了被她深情款款郑重道谢的准备，可没想到换来的是"福安公主"似笑非笑的问话。

"小三子，你抱着头还没断奶的小狼崽子做什么？是要养它吗？我可不养宠物。白眼狼，养不熟。"

好吧，陆三承认自己回忆时会美化自己的形象。但不可否认，他的确"稍微"给苏富贵帮到了点忙吧！

回忆戛然而止，陆三看了看不远处被苏富贵调教到已经会掘洞埋骨头的狼崽子"狗蛋"，深深体会到人常说的"真香定律"，确实有道理。

　　而这一边，苏富贵还在和他念大道理："你没有抛下我一个人逃，也没有劝我带着钱财逃跑，而是一心想要领着我去临渊国，这份执着真是可歌可泣，应当被历史铭记，刻入史书载入典籍，最好是编进杂谈评书让无数人共赏。"

　　苏富贵笑起来时，可爱得很，眼尾略微下垂，像是两道月牙儿，挂在她细腻白皙的脸蛋上，衬得肤如凝脂，眉眼如画。

　　她站起身，小小的掌心在他的头顶上揉了揉，从他茂密的发丝里穿过，宛若褒奖。

　　"你可真是个好人呀！"

　　陆三忽觉不妙，在他的记忆里，被夸作好人的人，结果总是不太妙。

　　而事实也确如他所想，当沉浸在温柔抚摸中的陆三放下防备的那一瞬间，她虎口一收，抓住他的头发朝下猛地一扯。陆三的头被迫仰起，露出他毫无保护的脖颈。

　　她的动作流畅自然。

　　与血管动脉只隔了一层皮的，是苏富贵突然从发髻间拔出的一支长簪。

　　十分锋利，并且尚存温热。

　　原本圆润的簪头被石头块磨得尖锐，只需要再用力一分，就能戳破他的皮肤，刺入血管之中。

　　陆三竟想不出来她是从什么时候开始磨簪的。

　　苏富贵还在笑，只是此刻她甜美的笑容分外瘆人。

"所以不如小三子你来告诉我，你究竟是谁呢？"

✦ 03 ✦

陆三悔了，真的悔了。

早知道事情会发展至此，他绝对不会去学戏文里那些少年郎，提前来相看新娘。

新娘的确有，除了不是福安本人，本名俗气了点儿，仍然还是个公主。

貌美如花，能文能武，搁话本里，那必然是千人追捧、万人艳羡的人气角色。但放到现实里，陆三觉得……

这就是个老狐狸！

他看着眼前笑得灿烂的苏富贵，暗自腹诽。

"我也不是趁火打劫的性格，再加上咱俩这段日子也算是互帮互助，我就只有一个请求，还望三皇子允诺。"

说是请求，但苏富贵说这话时的语气，听起来一点儿也不像是求人办事的。

苏富贵无疑是个聪明人，陆三还没主动坦白身份，她就推测得差不多了。把握话语的主动权后，剩下的事情顺理成章，无非就是利益交换。

陆三心想，再怎么交换，一个不受宠的公主而已，还能翻了天吗？

"借我点儿精兵，我要覆了这个王朝。"

嗯，不过是借兵而已，有什么值得惊讶……

噗。

陆三没来得及咽下去的水悉数喷了出来，在苏富贵嫌弃避让的同时，他不可置信地追问了一句："你再说一遍？"

和文化人说话就是麻烦，苏富贵在心里吐槽了一句。

"借我点儿人，我要去起兵了。"

她说得通俗易懂，可陆三还是无法将她与"逆臣贼子"四字联系在一起。

"如果我不借呢？"陆三开玩笑道，"我身后还有暗卫数十人，你说，是你求饶来得快，还是他们取你项上人头来得快？"

苏富贵把簪子往他双腿之间的空隙一扎，精准无误避开了要害，在地面留下了一个小洞，回道："我觉得可能我的动作比较快。"

陆三顿时不敢吱声，过了半晌才低声嗫嚅几句，顶了句嘴："有病！犯得着联合外人吗？"

也是苏富贵听力好，捕捉到了这句话，于是她给了陆三一个简洁明了的回答。

"你见过哪个卖女求荣的国家能够长久？百姓跑的跑，躲的躲，偌大的皇城就像是一个空城。

"更何况，如果不是无人可依，何必向外人求援呢？"

苏富贵眨了眨眼，说得轻巧，可目光深沉不知望向何方。

没得到陆三的肯定回答，她也不气馁。双方身份挑明之后，她也没必要再在陆三面前装天真无辜。

自己的护卫跑了，那就让陆三的暗卫来运嫁妆，自己的婢女跑了，那就自力更生梳妆。

暗卫们交头接耳，纷纷探讨这位中原公主是不是脑子有什么问题，明明只要和三皇子撒一声娇，要多少婢女都能立刻找来，费得着自己亲自动手吗？

陆三鼻孔朝天，冷哼一句："这叫矫情！"

如果不是雨夜的那一阵惊雷凭空而起，吓得她蓦地落泪，陆三还真当苏富贵是个风吹不倒雨浇不坏的铁人。

那夜雷声响起的前一刻，苏富贵还正笑嘻嘻地和陆三闲聊套近乎，三句不离时事，十句不离借兵，让只想摸鱼画画的陆三听得满脸疲惫。

但天空的一声巨响，令她刹那间花容失色。

她猛地一战栗，后背反射性微弓，长衫随着身子的微抖而晃动。双眼死死紧闭，从睫毛末端沁出的泪珠顺着她的脸颊落下。

她看起来脆弱极了，陆三心头莫名闪过这样一个不合实际的念头，好似只要他伸出胳膊，就能扼住她细长的脖颈儿，用掐死一只鸟儿的力度，就能让她一命呜呼。

随即，陆三伸出了手。

整洁干净的袖口从她的脸颊拂过，拭去了她的泪珠，在她神色微怔后，换来了她的破涕一笑。

"见笑了。"

等不来苏富贵的夸奖，陆三只能自己给自己颁奖："哎，谁让本皇子心地善良。"

苏富贵得寸进尺："那心地善良的三皇子可否借兵一用？"

一听"借兵"二字，陆三的头又痛了。

"句句不离借兵，你好端端一位公主，整天想些大老爷们该想的事情，就不能规规矩矩念念诗、绣绣花吗？"

苏富贵又笑了，她仿佛笑肌格外发达似的，不管好的坏的，难的易的，先笑再说。

这回，她笑完反问了陆三一个毫无干系的问题。

"我笑起来好看吗？"

没等陆三回答，苏富贵就自顾自说了下去。她一开口，陆三就知道，她压根没想过要从自己这里得到这个问题的答案。

"我在宫墙里笑了十九年，才换来了苟且偷生的活命机会，才换来了我师父的另眼垂怜。

"你知道当时他是怎么夸我的吗？

"他说，公主殿下，您千金之躯，在奴才面前，怎么笑得像条狗啊！

"临渊国的三皇子。"苏富贵突然在他们俩的名称面前，各加了个前缀。

"我们中原的公主，和你们是不一样的啊！"

◆ 04 ◆

在苏富贵还小的时候，皇帝老儿其实没想过给她取封号。

皇子嘛，总归是要继承江山，或者拿块封地立王的。

公主呢，则多一个不多，少一个不少，反正活下来是幸，活不下来是命。

匮乏的国库不需要那么多拖油瓶，抓紧培养皇子才是各个妃子的正道。

苏富贵就是在这样的环境里长大的。

她的封号，还是皇后嫡出的福安公主替她求来的。

年纪最长的福安公主在太子出生之前，曾是皇帝的小棉袄。太子出生后，虽然受宠大不如前，但在皇帝面前仍有几分薄面。

她牵着苏富贵的手，在皇帝面前跪下，叩了头，用清脆的嗓音诉说着请求。

"虽非一母所生，但我是极喜欢这个小妹妹的，可宫里弟弟妹妹那么多，没个名儿我也不好叫她，还望陛下能给她一个正经名字。"

苏富贵注意到，她异母的长姐，用的是"陛下"这个疏离的称呼。

得了封号，回了院子，遣散了周遭侍奉的婢女，福安公主蹲下身，用帕子一点点将苏富贵膝头的灰尘擦去，边擦，还边嘱咐她。

"平安，你一定要记住。

"跪下容易站起难。

"你可以跪天跪地，但你不能跪着跪着就忘记你也是人。"

苏富贵那时不懂，只是迷迷糊糊跟着点头，只觉得长姐连讲道理都能讲得这么好听。但后来当她渐渐长大，看到了有的公主为了自家亲兄弟的野心，主动或者被迫沦为玩物时，苏富贵懂了。

在这个不安定的国家活着就是不平等的。

有的人被定义为主角，光鲜亮丽辉煌一生，有的人被定义为配角，草席一裹尸横遍野。

所以当已有国母气质的福安公主接到联姻的圣旨后，苏富贵笑得比谁都开心。

福安公主说："我听闻在临渊国，女子也可为臣甚至是为王。

"既有珠玉在前，平安，总有一天，这个国家会改变的。"

苏富贵看着她笑靥如花，心里也像是被蜜罐子填满了一般。可福安公主那天晚上笑得有多欢欣，苏富贵后来就有多伤心。

因为福安公主死了，死在了异邦使者的床上。

什么备受宠爱，什么尊贵殊荣，都是虚名空话。在他们眼里，她只是个标价的玩物。

无声无息的善后处理，抹去了一个生命存在的痕迹。

替姐代嫁的消息传到时，苏富贵正在和师父最后一课。她最后一堂课学的是救人。

沙盘中代表着民众的纸团被师父手里的烟杆子一个个点燃。

"救不了。"师父笃定道。

"何必他救，本可自救。"苏富贵将纸团摊平又折起，折成了方盒，又加水于内。火越烧越旺，可纸未曾破裂。

她格外平静地环视着这座失了生机的深宫高院，逐字逐句说道。

"避不开火，就让火烧不毁我。"

✦ 05 ✦

我或许要死了。

这是陆三听完中原皇室八卦的第一反应。

好奇心不仅是会害死猫，还有可能会害死手无缚鸡之力的皇子。

这是陆三看到苏富贵单手掐住长蛇七寸，将它往石头上摔时的第一反应。

"我会不会死？"

陆三抱着自己莫名红肿的大腿，慌张问道。

大意失职的侍从们已经将他围得密不透风，各个翻出压箱底的保命神药，献宝似的捧到了陆三跟前。心理承受能力不好的，已经掏出了小刀随时准备剖腹自尽，与主子同进退。

顷刻之间，陆三甚至已经想好了墓志铭该写些什么，才能作为范本，流传千古。

"中原特产，五步蛇，走五步就没命了，你数数，你走了几步。"

还没能数一数自己方才动了几步，陆三就被苏富贵故意用树枝挑起的死蛇给吓了一大跳。

一头是被砸得血肉模糊的蛇尸，一头是小姑娘嫩生生的手心。

"蛇羹吃吗？很补的。"

"苏富贵你有病啊！"自诩文人雅士的陆三难得连名带姓喊了她的名字，"本皇子都要死了，你一心还想着吃！"

都说男儿有泪不轻弹，只是未到伤心处。一想到自己要英年早逝，文人榜上还没落下自己的大名，陆三眼眶一红，咬着牙才勉强没让眼里的金豆豆掉下来。

"刀给我！"陆三哽咽道，"指不定划个口子吸一吸毒血还有救。"

苏富贵不肯给，陆三伸手就要去抢。

他身形本就颀长，苏富贵跑三步的距离，他两步就能追上。如果不是她肢体太过轻盈，陆三甚至没必要追得气喘吁吁。

苏富贵也躲出了一身薄汗，青衫薄裳，当他握住她的手腕时，她蓦然顿步。

陆三没来得及止住脚步，直直朝她怀里奔去。

"哎呀，三皇子何必如此着急投怀送抱。"

她眼中一闪而过的狡黠被陆三捕捉到，陆三耳根子一烫，当即往后一闪，双手环抱胸前，一副受了恶霸欺侮的委屈模样，双唇微颤，却说不出一个字。

眼见陆三铁了心要给自己腿上划拉那么几下，苏富贵也不逗他了："逗你玩的，菜花蛇，没毒的，要是真咬了你，拿酒浇一浇伤口杀杀菌就好。更何况你这腿只是对草过敏，起了疹子，过几天就好了。不信，你问问你侍从。"

陆三回头，看见方才还模样慌张的侍从们现在个个低下脑袋排排站认错。只是他们嘴角弯起，怎么看都像是在看戏。

"绝世神药？"

"消食山楂丸。"侍从甲挠了挠头。

"切腹自尽？"

"假刀。"侍从乙把刀口往自己心头戳了戳，硬是没见外衣破一分一毫。

"三皇子殿下您别生气，这不是返程路上太无趣，大家调节调节心情嘛！"

陆三懂了，这就叫"吃里扒外"。

"好你个苏富贵，挖墙脚都挖到了我身边人身上！"

"这可不怪我挖墙脚，谁让我人格魅力大。"苏富贵大言不惭说道。

腮帮子一鼓，陆三暗自生起了闷气。

他气的不是被捉弄，而是气方才苏富贵耍的一个小心机。

她分明就是知道自己狠不下心揍人，才故意停下脚步调戏自己。

更要命的是，他居然还很受用！

过分，这厮居然使用美人计。

✦ 06 ✦

"我没想过一条蛇有什么大问题。"

检讨大会开始，苏富贵开篇一句话，把陆三精心准备的腹稿彻彻底底打乱了。

"我见过很多蛇，黑的、黄的、绿的、真的、假的，都有。

"我某位长兄以前拿这个吓过我，所以我记得。菜花蛇，无毒，宜佐辣爆炒，勾芡少许，宫里分下来的菜品份例不够时，我经常靠这打牙祭。"

陆三佯装擦汗，不经意间擦了擦自己差点儿留下来的口水。

"他把蛇塞到了我荷包里，然后被我逮个正着。我还没揍呢，他就恶人先告状，说我举止不端。"

"后来呢？"

"后来福安带着我在皇帝老儿门前站着认错吹了一晚上凉风，才免了一顿板子。我被禁足半个月，抄了二十遍女诫，那二十遍女诫我现在都倒背如流。

"可蛇呢，还是时不时出现。有时是院子里，有时是卧室内。没毒的，我就吃了，有毒的，我就拔了牙扔给我师父炼药。

"总归我还是完好无损活了下来。

"但在我出嫁前，我送了我这位皇兄一份大礼。君子报仇十年不晚，女子亦如是。"

陆三心里一个咯噔。

"够了，我知道你厉害了！"他把耳朵一捂，生怕睡前还听到什么惊悚故事，"你就不能少炫耀一点儿你的光辉事迹吗？你没瞧见我护卫个个就差没把你当半个主子供起来了嘛！"

拿着苏富贵烤好的肉串啃得正香的侍从们，纷纷停下手里的动作，异口同声矢口否认。

"臣不是，臣没有，殿下你别瞎说啊！"

眼瞅着马上就要到达临渊国了，苏富贵仍然没有打消借兵的念头。也不知道她下了什么迷药，原本个个恃才傲物的侍从们，在她面前，谦卑得像个学徒。

其实陆三也不是舍不得自己那点儿兵力。

有借有还的道理他还是懂的，更何况，苏富贵直接把偿还的报酬以条款的方式一条条列在了纸上，就等陆三签字落章。白纸黑字，怎么看都是陆三赚了。

可陆三就是卡着，不肯松口。

因为他就是咽不下这口气！

只要苏富贵稍微示示弱，只要一点点，陆三也不介意施以援手，帮她一把。

可苏富贵没有。她何止是不示弱，简直是在用生命诠释"自强不息"。

就拿落脚借住这件事来说吧。

长路漫漫，总不可能日日风餐露宿。遇到了小村落，大伙还能好好休息上一夜。途径繁华的城镇，更是有官兵以礼相待。

有路引在那儿，甭管这个国家怎么腐朽，表面功夫各国各地还是做到了极致。

高床软枕，焚香而浴。丝弦巧乐，宾至如归。

纵然比不上自家宫殿的精致，但有总比没有好。陆三就是抱着这个念头，在小浴池里泡着澡就睡着了的。

他还难得地做了个美梦，梦到他回到了自己的宫殿，伸手就是玉鹿纸、狼毫笔。抬抬眼皮示意侍从，就有数位身姿袅娜的美人在他面前一字排开。

这个胖了，那个瘦了。这个骨相刻薄了，那个脸盘子太大了……挑挑拣拣，最后只剩下一个能入他眼里的了。

"过来，让爷好好画一画你。"梦里的他如是说道。

那个穿着红衣的女人没动。

"没吃饱听不见吗？爷这里也不缺口粮啊！"

那个女人还没动。

陆三往大腿上一拍，径直朝她走去。想要看看究竟是谁胆子这么大，连他的话都不听了，常年握笔磨出了薄茧的食指探到她下颌处，粗暴往上一抬。

四目相对，视线交汇。

模糊不清的脸渐渐与苏富贵的脸重叠，连右眼眼尾的那一颗小红痣都一模一样。

陆三这才发现，她穿的不是普通的红衣，而是她的嫁衣。凤冠霞帔，南珠缀顶，衬得她肤色如玉，纯洁无暇。

她在望着他笑，所以他的火气一下子就没了。

梦里的他说了什么来着。

哦对了，他蹲下了身子，使得自己与她视线平齐，商量般地问她。

"行吧，你不过来爷就自己靠近，你看行吗？"

哗啦。

梦里的他还没牵起苏富贵的小手，现实里的他就被苏富贵溅起的水花浇了一脸。

"醒醒，你差点儿贞操不保。"

陆三反射性地捂住了自己的胸口，确认自己身上并无不适后，这才环顾四周。

浴池还是那个浴池，巴掌大的地，连个歌舞班子都站不了。只是原本该放着沐浴用具的那片地，多了个躺着的女人。

如果不是苏富贵事先给她盖了件衣裳，或许陆三在看到她的那一瞬间，就会因为鼻血横流而叫大夫。

"这……"

"和你想的一样，投怀送抱，但被你侍卫劫了下来。关乎你的名誉，所以他们拿不准，找我来帮忙。当然，如果你想收了她……"

苏富贵还没说完，陆三连忙打断了她的话："我是那种三心二意的人吗！从一而终是我们陆家的传统！"

说完，陆三总感觉自己这话哪里有点儿不对劲。他赶紧岔开了话题，道："从哪儿来送回哪儿去吧，趁着什么都没发生，别误了人家名声。"

苏富贵的目光柔和下来，看向他时眉眼带笑，显然对他的态度极为满意。

陆三不是没有被她这样看过，只是这回，她的笑容里少了几分勉强与虚与委蛇，透彻到直击心灵。

就仿佛，这样的他才有资格与她并肩而立。

夜风微凉，苏富贵卸下了那位姑娘的钗环，抱起了她，起身还不忘贴心地将她的面部朝向自己胸前。

这样，就算被人瞧见，也不会被人一下就辨认出是哪位姑娘。

苏富贵离去的背影挺拔而又坚定，陆三裹着小毯子看着看着，就觉得心里有点不平衡。

被她抱在怀里的本该是自己啊！明明险些被吃豆腐的是自己啊！怎么反倒自己成了被留下的那个？

可苏富贵似乎离自己也没那么远。

陆三伸手比了比距离。

只要他跟上，只要他追上。

闹剧还没开演就在主角的缄默中悄然落幕，苏富贵的光辉形象在旁人眼中那是日益高大，陆三愈发觉得自己就是个工具人，只有在出关入关时，自己这张脸才发挥了点作用。

偏偏罪魁祸首苏富贵看着自己坐立难安的模样，还一脸愉快地评判道："你不服气是因为只有你还没有看清我。你还把我当需要保护的金丝雀，而他们已经认定我是值得钦佩的英杰。"

呸，厚颜无耻。

她要是金丝雀，那自己岂不是连芥子都算不上？

陆三晃了晃脑袋，把自己这个怪异的形容词抛诸脑后，一心想着等回国以后，一定要让苏富贵好好学学，什么叫作温柔体贴。

手却不自觉地用细签剔好了鱼骨，撇去了油脂，将肉夹给了她。

后来很多时候，陆三都在想，如果不是因为自己心肠太软，他会不会早就过上了有妻有女、家庭美满的日子。

苏富贵规规矩矩当着他的皇子妃，虽然还是会耍刀弄枪，但无聊时也会为他红袖添香。

可他又觉得，要是那样，她就不是他喜欢的苏富贵了。

他喜欢的不是她的封号，不是她的国家，而是因为她是苏富贵，不是别人。无须谄媚，无须谦卑，只需要一个对视，他就会向她走去。

他对她的喜欢，是她跪在那位女童面前低声哽咽时，自己的心也跟着一抽一抽地痛。

"姐姐，你为什么要哭？"不谙世事的小童用最稚嫩的话语说着催人泪下的话。

"阿娘说，妹妹是去天上做仙童啦，天上的神仙会教妹妹读书认字，会给妹妹穿好看的衣裳。如果不是囡囡舍不得阿娘，我也想要去天上看看呢！"

那是中原来的流民，背井离乡，拖家带口。不是第一波，自然也不会是最后一波。那是她的国民，却像她一样，不得不向外求援。

"陆槿怀，我不想要这样的日子继续下去。

"我要让中原的人们过好日子，我要让中原的姑娘们再也不要受到不平等的对待。

"站起时，顶天立地；坐下时，知书识礼。"

葳蕤繁花茂草，都不及她说下的这话让人心驰神往。

可陆三却在想，如果她清清楚楚叫自己的名字时，不只是为借兵一事该多好啊。

距离临渊国只有两天的日程了，如果骑马的话，甚至只需要一天。但他们的队伍在陆三的示意下放缓了速度。

陆三是个文人，肚子里自有无数墨水，精怪志异的故事张口就来。编不出来，他就将自己童年的玩笑事一股脑都倒出来。

苏富贵边听边笑，可笑得一点儿也不干脆。

灯火通明，她心有所想。

在他说起前朝某位太子，放弃继承江山，和心仪的姑娘双宿双飞浪荡江湖时，她难得插了句嘴："儿女情长影响建功立业。"

陆三不傻，苏富贵亦不傻。

一戳即破的窗户纸早在两人心照不宣的装聋作哑中，透得不能再透。

当晚，陆三喝了很多酒，多到足够他抱着无数美人图，左挑右挑，看谁都顺眼。

会反弹琵琶的是林乐师家的大小姐，会唱长恨歌的是杜尚书家的小闺女，能和他对对子的是宁大人家的嫡孙女。

天涯何处无芳草，何必单恋一枝花。

酒劲上头，他踹开了苏富贵的房门。为了让自己看起来有个醉汉的模样，他还拎着个酒壶，做足了架势。

"你说，我借兵给你，你还我什么？"

自欺欺人的心理建设，在她眸子亮起的那一瞬间，轰然倾塌。

一纸契约，一诺千金。

苏富贵借走了他的精兵，还他数年商贸免税。陆三算了算这笔账，总感觉自己亏大了，平白无故就丢了一颗真心。

他看着她的身影消失在马蹄溅起的滚滚黄沙中，心头蓦地一紧。

自己这段日子图什么？

又是乔装打扮、伏低做小，又是吃苦受难、遇险受惊。不就是图带回个好妻子，然后开开心心过下半辈子，忙时废寝忘食，闲时饮茶观花。

他在回来的路上，还想了好几个未来孩子的名字。大俗即大雅，苏富贵这名儿听久了也顺耳，似乎还带了点儿俏皮劲。好像将来给孩子起个没那么文绉绉的名字，也足够风趣？

当然，最好模样像她，才学像他。

结果呢，老婆没了，更别提孩子和热炕头了。

就剩下陆三一人，握着她亲手写下的借条，蹲在墙角，哭得稀里哗啦。

闻讯赶来的国王，携家带口站在城门口，个个拿着手捧花吹着大喇叭，翘首以盼等待着新媳妇的加入，结果左等右等，只等到一边哭一边骑着骏马回来的陆三。

美男就算是哭，也是赏心悦目的盛景。只是眼下谁还在乎他哭得好不好看，大伙都想知道，说好的结婚对象，怎么就飞走了呀！

"儿啊，我儿媳妇呢？"

"哥啊，我小嫂子呢？"

"叔啊，我见面礼呢？"

陆三啜泣声一声高过一声，并逐渐演变成为号啕大哭之势。

"没啦，都没啦！"

话本里都是骗人的，哪有什么随随便便就以身相许的傻姑娘，现实里多的是活得清清楚楚明明白白的女郎。

◆ 08 ◆

苏富贵的起兵之路，不算顺利。

如果要真像戏文里编得那般顺利，两军将领墙下对质吵个几章再回忆一下过去，就分出胜负的话，那天下早就大一统了。

余孽与新贵势力胶着，抨击批判声犹如浪潮把苏富贵骂得体无完肤。但暴雨之后，簇拥者如雨后春笋接连冒出，极大地鼓舞了士气。

陆三就是在这时再度来到中原的。

不同于上次灰头土脸隐姓埋名，这回他是以使者的身份，带着精兵数千，前来与苏富贵结盟的。

不同于上回轻飘飘的纸条约定，这次，他代表整个临渊国认可了苏富贵。

至于这数千精兵怎么来的？

嚯！前朝太子都能为爱情奋不顾身，他在御书房打滚撒娇又有什么大不了的。

只可惜他到的时机不太好，加冕仪式都准备得七七八八了。浩浩荡荡的军队列在城门之前，不知道内情的，还当是前来寻仇的对家。

"你这是专门组团来蹭吃蹭喝的？"

　　她刚剿了一窝余孽，戎装未卸，层层甲胄映衬下，伫立于城墙之上的她英姿勃发，城墙之下瞻仰她的少女们，个个眼冒桃心，捧着脸傻乐个不停。

　　备好的那些说辞在看到她明晃晃笑容的那一刻，忘个精光。隔着高耸城墙，语塞的陆三与她遥遥相望。

　　"殿下，说啊！"

　　"再不说，就要被抢先了！"

　　皇子不急侍从急，城内的欢声笑语都传到了城外，嚷嚷得最大声的尽是些音若莺啼的女郎。

　　"平安陛下！我要跟你在一起！"

　　"陛下放心飞，我会永相随！"

　　高声大喊的人里，有背着书箱的，有穿着戎装的，有簪花的，有束发的，有男有女，有长有幼。

　　尽管人群中仍有反对的声音，但总会有人用更为有力的声音予以反击。

　　打破禁锢后，谁愿意服输？

　　许是环境的渲染，令陆三脑子不太清醒，他仰头注视着她，耀眼阳光直泻而下，也跟着那些女郎喊了起来。

　　"苏富贵，嫁给我，我许你无边富贵，万人敬仰！"

　　苏富贵看着他，笑如春花。

　　她还没回话，那些义愤填膺的小娘子们就抄起手边事物朝陆三砸来。

　　"陛下是大家的！你在想什么美事！"

纷乱的吵闹声里，陆三看到苏富贵朝他勾了勾嘴角。

她朗声回答，有气吞山河之势："谁稀罕你的妃位，我要自己当自己的女王！"

掷地有声，荡气回肠。

"那入赘我也不介意的！"意料之中的回答并未让陆三感到气馁，他几乎是在她说完的那一刻，就接着喊道。

满场寂静，连忽然响起的一声鸟鸣都听得清清楚楚。

陆三拂袖，军阵变形。头戴大红绣花的马儿们，优哉游哉迈着步子，驮着早早备好的嫁妆，来到城下。

她诧然，在他的满腔热忱下，化作了散不开的笑意。

"如此甚好。"她如是说道。

无关身份尊卑，不过是两情相悦，一拍即合而已。

-END-

她自出嫁之日起，心里便藏着一股火，憋着一口气，
想要堂堂正正地回去将那些欺她辱她之人踩在脚下。

BRONCO
BUSTER

马奴

###

SLAVE

文∧∧∧ 绿蜡

BRONCO-BUSTER

Slave

马奴

文 WW 绿蜡

01

端午，艾香满城。

阿奴跟着阿姆，从后门进入阳泉公主府。

府中张灯结彩，遍布锦绣，富丽堂皇。

阿姆将他领去马场，再三叮嘱："你在这里，要听从管事吩咐。切记，不能与人饮酒斗殴，也不可违反府中规矩，明白？"

"嗯。"阿奴点头，"阿姆放心，儿子定不乱来。"

"阿姆求了管事许久，又给了好些钱财。你有出息，阿姆自然开心；若被撵出府，我也无脸面再留于府中，知道吗？"

"嗯。"

阿姆见他乖巧，抬手拂去他鬓边散发，又为他整了整新衣衫："我儿容貌甚好，若得公主重用，必定前途无量。"

阿奴两眼含笑，乖巧动人。

阿姆将阿奴交给管事，便去前院做事了。

那管事见阿奴肤白如雪，腰板挺直，毫无仆人应该有的卑贱之态，心中颇为不喜，于是点了最偏僻的马厩给他，让他管照新进的五匹良驹。

阿奴去了一看，果然是好马，皮色光亮若锦缎，目光警觉若鹰隼。

阿奴欢喜地汲来干净的井水，又在木槽中填了豆粕。可骏马高傲，不吃也不喝。每当阿奴接近，尝试刷毛的时候，它们便撅起马蹄往后一踢。阿奴不服气，拿马鞭和绳套来，拉过一匹就要去打理乱糟糟的马毛。他力气大，下盘稳，骏马入了套便挣不脱，只能乖乖让他刷干净。

忙碌间，管事领了诸多仆人进来，牵马上鞍又将库中的马球和球杆寻出。

突然又有人传报："公主来了。"

便见锦衣男儿前来牵马，后面不知多少贵人挨挨挤挤，簇拥着一中年美妇而来，这人正是阳泉公主。

阿奴要上前帮忙，管事却将他一把推开："好生刷那几匹马去。"

阿奴手脚麻利，做活极快，还能分心听外面的热闹。

下仆传言，公主要看马球，着令少年郎君们分成几队比拼。她极有兴致，又极大方，许了一匹乌孙宝马做彩头，说那赤血悍烈至极，若赢了马球的人能将之驯服，便可骑走。

阿奴偏头看那赤血宝马，笑言："是你？你的名字是赤血？"

赤血喷他一头脸鼻息，踱步走开。

有了乌孙宝马做注，马场中顿时雀跃欢呼起来。

似有一帮人在高叫"九郎"，另一处的则在叫嚣"三郎"。

阿奴心中羡慕，将马厩收拾干净后，站到围栏上去看。

只见绛色宝马之上，端坐着一位着白色锦缎的玉面郎君。他手执

球杆，瞄准后往空中一拨，球立刻飞跃半场，直入球圈之中。场上顿时呼声连天，而他未来得及开心，旁边便杀出一身骑白马的少年郎君，他挥杆操球直奔另外半场而去，场上"三郎"之声顿时也响彻云霄。

九郎大急，拍马冲上去阻拦。

三郎一手执杆，一手策马挡住九郎去路。

两人正面遭遇，眼见要冲撞起来，那三郎却一笑，驭马停步，做了一个"请"的姿势。

九郎大喜，用球杆将球勾回，扬臂打出决胜一击。

全场起立，许多少年郎君等不及球入筐，便向九郎扑过去，要将他抬起来庆贺胜利。

九郎拼命挣扎，不想三郎伸手，将他头巾一把扯掉，黑色的长发如飞瀑般扬起。

阿奴愣住，再细细一看，这才发觉原来不是九郎，而是九娘。

02

宴毕，阿奴等人来牵赤血。

可直至天色渐晚，也无人来。

管事命他住马厩旁的小屋，若要吃食，自去厨房寻冷食吃。

阿奴应了，便回小屋收拾。屋中简陋，仅一床一桌一几，但足够他使用。

擦洗间，听得外间有细声传来。

"这便是赤血？果真好马！"

"自万里之外的乌孙来的，一马抵万金。娘亲当真舍得，居然送你这般好马？"

一个略有些桀骜的声音响起："叫你们同我一道做男儿装扮下场，你们偏不去。现我赢了赤血，又眼热，争着来瞧。"

"非也。"另一人道，"母亲说要得赤血，不仅要赢马球，还需将它驯服才算。你赢马球，是三郎让你，你还未驯服它，怎么能算赢？只能是母亲送的。"

"那神机先生废话多，非要给咱们姐妹几个相面。说大姐命里富贵，二姐一生荣华，偏指着九妹说她是劳碌奔波命。"

一阵少女的欢笑声隐隐约约传来："生来便是郡主，如何劳碌奔波？九妹当场脸色不好看，举起马鞭想打人。母亲无法，只得将赤血给她，以示安慰。"

"九妹，这般烈马，府中怕是无人能驯——"

半晌后，声音渐远，想是都走了。

阿奴将要迈步出去，却听见一句略带愤恨的怨言："都生在公主府，为何她们富贵荣华，我李采玉却要劳碌奔波？"

他心下一惊，收回那迈出去的脚，从门缝处看出去。

淡淡的余晖下，一白衣少女立在马厩前。她颇有些纠结，似要去拉赤血的缰绳，却又不敢。

金色的光照着她白皙的面庞，她下巴上有着浅浅的绒毛，仿佛新熟的桃尖。

是九娘，她没走。

"他们小瞧了我，我偏不能让人小看。"李采玉终于想通，伸出手去抓缰绳，"若我驯服了你，母亲定然对我刮目相看。"

阿奴同赤血较劲了一整日，晓得它最是难驯。且现下李采玉未带随身下仆，若出事，该当如何？

他立刻推门出去，恭恭敬敬道："郡主不可——"

话音未落，便遭了劈头盖脸的一顿马鞭。

他知李采玉忌讳自己听了她对母亲和姐姐们的怨怼，必然暴怒，便不敢躲避。

李采玉打累了，呵斥道："你是何处下仆？居然敢偷听偷看？"

阿奴直挺挺地站着："赤血暴烈，府中无人敢驯，请郡主小心。"

李采玉更怒，手上全不留力，斥道："连你也敢瞧不起我？"

阿奴跪下，不敢去摸头颈上的血痕，忍痛道："不敢。下仆只是忧心郡主安危！"

"还敢狡辩？"李采玉见他虽羸弱，但很经得住打，便丢了马鞭去拔腰间的匕首，"闭上你的嘴！"

匕首出鞘，他丝毫不惧，反而抬头道："下仆阿奴，愿为郡主驯服赤血。"

"九妹，不可伤人——"

一少年郎君奔来，颇有些潇洒意气："九妹，他说得对。赤血桀骜难驯，已伤了好几个驯马师。你不可任性。"

"三哥。"李采玉似有些羞怯，逐渐收起脸上的狂怒，露出冷静的模样来，她将匕首插回鞘中，"你怎么回来了？"

"来瞧瞧赤血，顺道寻你。我知你必是忍耐不住，马上要看它，对不对？"

李采玉一笑："寻我？怕是馋了我的马。三哥宫苑中好马多得很，不能再夺我这一匹。"

阿奴有些胆寒，知那位三郎定是当今三皇子高华章。

"你的名字是阿奴？"高华章转而询问阿奴。

"是。"

"姓什么？"

阿奴咬牙："无姓。"

李采玉勾了勾唇角，整了整衣衫："何时入的府？居然敢夸口说驯服赤血？"

阿奴垂首："今日新入府。若三日内不能为郡主驯服赤血，下仆自请出府。"

"出府？你当这阳泉公主府，是说来就来、说走就走的地方？"她轻声道，"既是口舌招的祸，便用它来赔。三日后，若驯不服赤血，你明白我的意思吧。"

"君子一诺——"

九郡主轻轻地"呸"一声："一个不知其父的下奴，也配称君子？"

03

阿奴只知有母，不知有父。

他自小被寄养在府外一户农家，三五日见阿姆一回。

邻里书生教导阿奴习字，一位武将带他学些拳脚。

武将不解："天生卑贱，学点拳脚功夫就能活命。何必认字？"

书生却说："习武健体，可助人去得万里之遥；读书明理，可令人直上万仞之高。既习武又读书，能身化游龙，亦能如同君子一般所向无敌。"

阿奴听得认真，一字不忘。

进了公主府后他才明白，自己连做君子也是不配的。

阿奴睡不着，身上的伤口火辣辣的，心里更是难以平静。

他睁眼看着照在床前的明月，翻身坐起。

出小屋，跳上马厩外的围栏。

赤血一个鼻息，惊醒了其他几匹马。月光让白日桀骜的赤血温和了许多，那双碧水般的眼眸少了许多警觉。

阿奴站定，柔声问："赤血，还没睡？可是睡不着？"

赤血一甩尾巴，没有应答。

"难道是同我一般初入府，在害怕？"

赤血挪了挪身体，屁股冲着他，显然不屑。

他笑了："你是良驹，自然不愿轻易被驯服。可唯有被驯服，才有机会出府，走更远路，去更远的地方。

"你可愿意？"

04

阿奴要驯赤血，下仆们均不看好。

他只对管事说了真话："郡主说三日后驯不好赤血，要我以后没法说话。"

管事叹息，看着阿奴颈项和耳后的鞭痕，拎着铁鞭和榔头来丢给他。

阿奴不解："这有何用？"

"先以铁鞭抽打赤血，令它皮开肉绽；若痛不能使之屈服，则用榔头锤击它的头颅，使它失智。"管事教导他，"要驯烈马，当用非常手段。"

阿奴不愿，不去捡那两样工具。

管事问他："可是嫌这手段肮脏？可你身为下奴，便要为主人家做这般脏事。若不然，何必入府？当真不愿，等着被灌哑药？"

阿奴不屈服。

管事骂道："出身低贱，心比天高。阿奴，你定要吃尽这人世间的苦头。"

阿奴沉默着躬身，而后牵了赤血出马厩。

既为雄鹰，如何折翼？若为良马，便不能辱之。

管事无法，照实说给李采玉的侍女听。

那侍女急了："能驯服吗？"

管事不敢答是，也不愿说不能。

"郡主已下了帖子，要请公主、三皇子和诸位贵女来瞧她骑赤血。若驯不好——"

令九郡主丢脸，必不能善了。

侍女不敢想后果，急匆匆回去报信，找李采玉讨主意。

李采玉听了侍女汇报，沉吟半晌道："那下奴口出狂言，我当他有些本事，原也只是要嘴皮子。罢了，既是不能驯的马，留着也是无用了，你去将我的匕首拿来。"

竟是要杀了赤血。

侍女惧怕，飞跑着取了匕首来，小心翼翼伺候李采玉去马场。

马场上空荡荡，只偶然听见一阵呼声。

两人上高台观望，却见林边沙地上，赤血做奔腾之状，拼命要甩掉肩背上的阿奴。

阿奴两手死拉着缰绳，身体呈飞跃之状，被甩得左右奔突。

无论赤血如何挣扎，均无法将他甩开，这马便奔着林子外面的高墙狂奔而去。

速度越来越快，眼见要撞上去。

侍女捂住眼睛："赤血疯了，只怕要撞得粉身碎骨。"

李采玉却微微蹙眉，将手放在匕首上摩挲了几下，抬眼远望。

那赤红色的马，如一团火焰，轻盈地越过高墙。

飞跃的那一瞬，阿奴放开手中缰绳，双手按在墙头上，身体如大鹏一般掠过去。眼看要失力落地，那赤血居然跑过去，硬将他接住。

阿奴狂喜，抓了缰绳，大笑出声，纵情奔向远方。

李采玉垂眸问侍女："他的名字，是阿奴？"

05

阿奴捡回一条命。

他被人寻到的时候，双掌皮肉被马缰磨烂，右手小臂骨折，小腿上多了一条深可见骨的血痕。

阿姆垂泪："苦了我儿。"

管事寻来酒，要他多少喝一口，起码伤不会疼得太厉害。

阿奴不愿饮酒："郡主要我明日去伺候宴饮，若饮酒误了事怎么办？"

阿姆捧脸大哭："都是阿姆不好，连累我儿了。"

次日，阿奴带伤伺候。

他牵着缰绳冲赤血道："今日会有许多人来看你，郡主也要骑行。你且忍耐，不要发脾气。"

赤血被长长的鬃毛遮住了额头，只露出两只眼睛，似听了进去。

须臾，侍女们抬了一副极为华丽的镶玉马鞍来，装在赤血背上。

有一人交代阿奴："你好好牵着缰绳，必要赤血安稳些。可能做到？"

阿奴点头："能。"

"郡主要和三皇子同行，若有差池，你有几个头也不够赔的。"

侍女引着李采玉来，要去取上马墩，李采玉却指着阿奴道："跪下，做我的人凳。"

阿奴未有怨言，俯趴在马侧。

李采玉踩着他背上马，赤血稍有不安，动了起来。旁边伺候之人要动，她却又道："都滚开，只让他来。"

阿奴起身，垂头去牵缰绳，安抚赤血。

她居高临下，指向前方："去我母亲那，走得轻快些，让赤血更昂扬。"

阿奴应一声，当真往前去。

一步一行之间，赤血的皮色在阳光下闪耀着血珠一般的光彩。

李采玉也收了冷峻模样，露出欢喜的笑容来。她远远地高声叫："母亲，诸位姐姐，你们看——"

公主在高台上笑，好几个贵女跑下来，绕着赤血啧啧称奇。李采玉将头偏向一边，冲不远处骑在白马上的高华章问："三哥，你看我的赤血，如何？"

高华章看阿奴一眼，温和道："自然是极好。"

一贵女不太服气，说了酸话："赤血自然好，可让马奴牵着走，有什么意思？你若当真能将它驯服，何不同三哥再赛一场马？只这次，三哥不许故意让她。"

"不可斗气。"高华章劝道，"九妹能在赤血背上坐稳，已极是难得。"

"七姐嫉妒了？"李采玉笑言，"母亲的厩里还有四匹乌孙马，你不若也去要一匹来做坐骑。如此，咱们才好比试一场。"

那位七郡主言语上没讨到便宜，面色不善地离开。

李采玉志气昂扬，用马鞭点了点阿奴的背："带我走一圈。"

阿奴绕着马场，走了三圈。

他将腰板挺得笔直，却晓得腿上的伤口正在开裂，血正一丝丝地沁出来。

幸而公主派人来召，叫李采玉和高华章去高台上用膳。

管事趁空给阿奴送了热水和吃食，又重新包好伤口，还教导他："阿奴，得贵人看重后，要更会照顾自己。"

阿奴道谢，细细咀嚼冷硬的面饼子。

没等他吃完，却听见高台上一阵喧哗，接着是许多杯盏碎裂的声音。

须臾，李采玉忍着怒冲下来，消失在琼台楼宇之中。

公主冷硬的声音响彻全场："九娘子病了，病不愈，则不许见客。"

阿奴愣了一下，本能地看向管事。

管事叹口气，解释说："公主生九郡主乃是难产，险些丧命。后求神机先生算生辰，说九郡主三岁前不能和公主相见，方能保母女平安。太后怜惜，将九郡主抱入宫中，同皇子皇女们养在一处。郡主十余岁才回府，可已经被养得脾性张扬，公主拘束了四五年也没改得过来，就越发严厉了——

"这回，只怕不好了。"

06

李采玉被关在闺房中，很是费解。

前日那神机先生胡言乱语说她命不好，今日她借着驯服赤血的机会讨得阳泉公主开心，撒娇求她将那人驱逐，不想阳泉公主却勃然大怒："赤血既给了你，便是你的，又何必同姐姐们斗嘴，非要将之驯服？听说那新进的马奴因此折了腿骨，实在有伤天和。

"且今日这一遭竟不是要我来看你驯了赤血，而是因神机先生批语令你不喜，你要问罪于我？

"神机先生何错之有？你纵是皇族，毕竟落了个女儿身。一介女流，如何能保一生康泰富贵？不过是做女儿的时候，跟着我享些福气，等做了妇人，便再由不得己身了。先生德高望重，能为你相面已是难得。你不知天高地厚，居然嫌弃起来？"

她不懂，为何一连串的郡主小姐都是富贵风流命，只她不同？她更不懂，母亲为何强要她认了奔波劳碌的命？

李采玉想不明白，病就好不了。

每日都有位老嬷嬷来敲窗询问："公主问，今日病可好了？可知错了？"

认命便是知错，知错便能病好，病好了才能出门行宴见客。

不认命便是不知错，不知错便见不得人。

她哑着声音："劳烦嬷嬷回禀母亲，我需得再想想。"

"且想着。"嬷嬷轻声说，"毕竟是公主生的，她也十分舍不得你。"

李采玉走到窗边，小声问："三哥可有来看我？太后娘娘可知我病了？皇帝舅舅呢？"

嬷嬷久未应答，只有影子落在窗纱上，越拉越长，越来越淡，最后消失不见了。

李采玉真病了，浑身发热，如坠炼狱。

烧得糊涂的时候，似有人在耳边低语："你是谁？"

她是谁？是阳泉公主府的九郡主，太后娘娘亲手养大的外孙女儿，皇帝舅舅最喜欢的未来儿媳。

"你是谁？"那声音却坚持着问。

李采玉叹气，若她这时候病死，石碑上刻的只会是某人早夭之女。

她将那些多余的限定词一个个划掉，最后说出三个字："李采玉。"

她要在碑上，清清楚楚地铭刻自己的名字。

李采玉睁开眼睛，迷迷糊糊地看见母亲泪眼迷蒙。

她努力挤出一声："母亲，我错了。"

07

李采玉终得了自由，却发现府中张灯结彩，开始准备婚事。

她好奇："怎么姐姐们的亲事排得这样密？"

大姐本定在七月，正是良日；二姐也紧跟着放在八月，似很急迫；更有诸多贵妇人嬉笑往来，一个劲儿去看七姐，似要为她寻一门好亲。

姐姐们只是笑，并不回答。

她想问高华章，问她的三哥哥怎么不来探她。

可话没问出口，姐姐们便一哄而散了。

李采玉觉得无趣，在花园里散步。

有侍女来报，说街上热闹得很，诸国的使臣已抵达。许多富贵人家在街口搭了锦蓬，既华丽又好看，为过路来往的使臣供应茶点。

她听得心不在焉，谁料侍女突然说："金帐国的国王派了最爱的使臣来，要向陛下求亲，结成'舅甥之好'。不知哪位公主不幸，竟要离家万里——"

李采玉心头一跳，白着脸看向侍女，口张了又张，一句话也说不出来。

有史以来，帝王女和亲者寥寥无几，多是从宗亲中挑选貌美且性情坚毅者，封为公主后远嫁。

当日那神机先生为她相看，批了"奔波劳碌"四字后，又接了一句"驿马"。

驿马者，离家万里，乃四处漂泊的命格。

她只管着羞气恼，却忽略了母亲眼中浅浅的笑意。

现在想起来，怪不母亲行事异常，果然是要她自认命苦，心甘情愿做和亲女。

侍女见李采玉面色铁青，以为她又病了，要去寻大夫来切脉。

李采玉忙拉着她，强挤了个笑："我无事。只是气闷，想骑赤血散心，又恐母亲担忧。"

侍女不忍道："郡主放心，我去求嬷嬷，定为你安排妥当。"

阿奴牵着赤血等在马场边，见李采玉来，立刻就要趴下去做人凳。

却有侍女搬了马凳放他身边，须臾有香风和绸缎扫过他的脸颊。一个很轻的声音说："起来吧。"

这一次，李采玉没有踩他。

他起身，面皮微微发红，不自觉扫了马上的人一眼。

"绕着前面的林子，走上几圈。"李采玉垂头，对上他的眼睛，第一次叫了他的名字，"阿奴。"

阿奴应了一声，拉着缰绳慢慢往林边去。

已经是夏末秋初，凉风幽微，层林若染。

阿奴走在前方，李采玉更是一言不发，后面不远不近地跟着几个内院的侍女和护卫。

抵达高墙的时候，李采玉开口："停下。"

赤血停步，喷了两口气。

李采玉仰看高墙，此处便是当日赤血驮着阿奴飞跃之处。墙头上遗留着阿奴的血手印和被赤血踢出来的小缺口，外面绵延的群山从缺口中露出了一点。她道："阿奴，外面好不好？"

"好。"他道，"外面大，赤血想怎么跑就怎么跑。"

"外面那么好，你为何要入府？"她问，"我只见人挤破头进来，却没见人想方设法出去。"

阿奴只好道："下仆乃是俗人，只求一夕饱暖。"

李采玉笑了一下，道："谁不是呢？谁也不愿离了好地方，去那苦寒之地熬日子，也不过是——"

她没说得下去，从怀中摸出一个锦囊："你驯赤血辛苦了。"

阿奴没接，只道："公主已赏过了。"

"母亲是母亲，我是我。"她压他，"主家既赏，拿着便是，难道还要我求你？"

他恭恭敬敬接了锦囊，再三谢过。

李采玉冲他点点头，拉一拉缰绳驱马离开。

阿奴伺候完九郡主，回小屋吃饭休息。他摸出那黑锦绣金的锦囊查看，里面装了一块白玉牌和几个小金锭子。

用金银赏下人是府中惯例，可玉却不是。

美玉高洁，只配君子和淑女。

阿奴非君子，自然当不起好玉。

他捡起来，仔细看，才发现玉牌上刻了"华章"二字。

高华章？

阿奴只觉玉牌烫手，几乎拿不动了。

九郡主同三皇子青梅竹马，感情比别人更好些。可谁也不知他们已经到了如此地步，若是为外人所知，难免惹一场是非。可她又为什么将如此重要的东西给他？难道是放错了？可怎么会错？

玉牌在灯下散出浮光，光影里飘出李采玉的脸来，那双眼睛里满是哀戚。

阿奴反手将之塞入锦囊内，吹灭了灯火。

09

阿奴出公主府，迎面便是几个灯火辉煌的锦帐。

诸国使臣在其间饮酒休息，更有不少胡女吹奏舞蹈，好不热闹。

他寻着最热闹的地方去，打听高华章的去向，果然在几个醉醺醺的子弟处问到，说他在某坊某处繁楼招待金帐国的使臣。

那宴席排场极大，没有专门的请帖无法入内。

阿奴不需入内，只在门口守着见一面，传一句话，递一个东西，事情就了了。

因此他便去等，从暮色四合等至天色将明，楼中才走出几人。

阿奴走出去，挡了高华章去路。

有卫士冲出来，拔剑对他。

他立刻跪下，高声道："阳泉公主府下仆阿奴，求见三殿下。"

卫士逼近，刀尖直指他鼻尖。

阿奴冷汗涔涔，只怕命就要丢在此间。不想高华章拨开卫士站出来，低头看他两眼："阿奴？"

阿奴俯身叩拜："是。"

说完，他将握在手中的锦囊捧起，锦囊边口露出白玉牌的一点穗子，在晨光里飘摇。

高华章支开卫士，长久地看着他。

阿奴等了许久，久到膝盖疼痛，两手不太撑得住。他微微抬头，却对上一双冷厉的眼睛，里面尽是疲惫。少年君子之姿，荡然无存。

高华章这才开口："你回去吧，就说没寻见我。"

10

阿奴不敢从侧门回府，也不能走后门。

他在高墙外留了一个助力的绳索，单手拽着便越过墙头。刚落地，便觉脚下的泥土触感不对；待要躲避，却听得一声暴呵："起——"

尘土翻飞，落叶飘摇，一个捕兽的网兜从脚底升起来，牢牢将阿奴困在其中。

他刚要挣扎，又有铁网从高处落下。他就地一滚，手护住周身要害，堪堪避开。可这一耽搁，网兜收紧，他再无法挣扎。

皮靴打在地上，还有铁剑撞击盔甲的声音。

阿奴努力仰头，看见了管事面无表情的脸。

他动了动唇，要说些什么辩解，管事直接几拳下来，打得他不能

149

说话。

因挣扎得过于激烈，衣衫里藏的锦囊落了出来。

管事将之捡起，摸出玉佩看了一眼，收入自己怀中。

他起身，对身边的卫士道："把人捆起来，丢地牢里去。"

阿奴只来得及叫一声："阿叔——"

管事却道："阿奴，你对不起你阿姆。"

11

李采玉一夜没睡。

她数着窗棂格子，将每一道刻痕都看得清清楚楚。

当窗纱透出晨光，外面传来鸟鸣，她便知高华章不会有信来了。

她翻身起床，欲呼侍女梳妆，撩开纱帐，却是嬷嬷冲着她笑。

热水端来，嬷嬷为她净面，梳头，佩上金钗和玉环，再细细描绘眉目和红唇。

"当真是国色天香。"嬷嬷对着镜中的李采玉道。

李采玉微微一笑，也看着嬷嬷："嬷嬷今日怎么亲自伺候？这该是侍女们做的事。"

嬷嬷从袖中摸出黑色锦囊，道："公主昨夜头晕症犯了，吃几回药都没好。奴婢本该一早去伺候，奈何半道上拾了一个锦囊。幸好还有些眼力，认出这东西只九郡主才有。因此，先物归原主，顺道伺候郡主一回。"

她将那锦囊放在妆台上："还请郡主日后小心些，此等物件，不好随意丢了。"

李采玉看一眼锦囊，再看镜中那微笑着的嬷嬷。

嬷嬷见她了然，微微颔首行礼，告退。

李采玉捡起锦囊，打开，里面只一面空白的玉佩，"华章"二字不翼而飞。

不是她的信物。

她怒火中烧，玉佩被砸在地上，碎成几片。

侍女闻声来，她却将人推开，拎着裙角飞奔出去。

侍女惊呼，李采玉不理，直到追出回廊，看见嬷嬷的背影。

她拦过去，厉声问："阿奴呢？"

嬷嬷挑眉："阿奴？那是谁？郡主院中伺候的人，有叫阿奴的？"

李采玉深吸一口气："北方夷族侵扰边疆，我朝几次出击均不得胜。现金帐国来人，欲结'舅甥之盟'，共抗夷族。皇帝舅舅舍不得自家亲女儿，便从宗亲中寻。可我那几位表姐，不是太老早已嫁人，就是太小还嫁不得人。算来算去，正当年的，只有咱们阳泉公主府上的几位郡主合适。奈何大姐和二姐早定亲，七姐又懦弱无主，只剩我——"

她隐去一句不得母亲欢心，道："我病时，母亲来探我，不是心疼我，只是怕我死了，要动她别的女儿。"

嬷嬷诧异道："郡主在说什么胡话？可是病还未好？"

"我有无生病，你们最清楚。"李采玉平静地道，"我知早下定论的事，无论做什么也改不了，反惹得大家不开心。不如我一人屈服，大家都高高兴兴将这桩喜事办了。劳烦嬷嬷告知母亲，我愿为她、舅舅和外祖母分忧，嫁去金帐国。"

嬷嬷垂头，并无言语。

李采玉看着她道："只是有几个条件，母亲一定能做到。"

"请郡主直言。"

李采玉笑了："终于承认了？"

嬷嬷便又紧闭了嘴。

李采玉安抚她："嬷嬷不必害怕，我不会对你做什么，只想讨些活命的东西。第一，我要以公主之名外嫁。"

"那是自然。"皇帝已经拟了明玉公主的封号，写下圣旨摆在案头，只等合适的时候颁。

"要百工陪嫁，为我供应日常所需之用具。"她抬手摸了摸身上的衣衫和头上的金饰。

"要牛马羊万千，供应我行走食肉。

"要四时菜蔬种子，供我得食鲜物。

"要阳泉公主府，半数家资。"

她看着嬷嬷越睁越大的眼睛："要绫罗绸缎各百箱，能穿到我的孙女出嫁之时。"

"我在宫中锦衣玉食，没吃过一日苦，没受过一日穷。"她抬起下巴，"若我去了金帐国那苦寒之地，吃着鲜嫩的牛羊肉和菜蔬，穿着南边的锦缎，必然会念着母亲和舅舅的好。"

她捋了捋鬓发："我还要阿奴。"

嬷嬷猛然抬头，不可置信。

李采玉淡淡道："请嬷嬷务必一字不差地带给母亲。"

"为何——"嬷嬷不解。

李采玉强忍了眼角的水光和心中的怨言："离家万里，我要一个肯为我舍命之人护我。"

此番种种，无人理她，竟只有一个下奴愿为她奔波。

12

阿奴在地牢，死到临头。

阿姆不舍，托管事带了好酒和好肉来送行。

管事将酒杯凑到他口边："喝了上路，下辈子要记得谨言慎行。"

阿奴没喝酒，只道："阿叔，我不喝酒，不愿它麻痹我。不管是死是活，我都要自个儿看得清清楚楚。"

"你图的是什么？"管事问。

阿奴只看着他，黑眼睛里有两团火焰在跳跃。那火啊，燃得太过猛烈，几乎将他本人焚尽。

管事见过无数双这样的眼睛在公主府出入，蝇营狗苟，无所不用其极。

这种人，劝是劝不回来的。只有将命玩掉，才有停歇的那一日。

愿赌服输而已。

他扬手，将酒泼在尘土中。

阿奴开口："阿叔，我只对不起阿姆，求你——"

话音未落，地牢门口响起锁链打开的声音。

门开，刺眼的光照进来，令人睁不开眼。

新鲜的空气带进脂粉的芬芳，李采玉的声音来得又轻又远："阿奴？"

管事不可置信地看着他，他惊喜若狂地从镣铐中站起来。

153

"可还活着？"她又问了一声。

阿奴拖着镣铐行走一步，冷铁发出撞击的颤音。那一声似惊醒了他，他毫不犹豫地跪下，高声道："阿奴无能，负了郡主重托。"

李采玉没有应答，抬脚要入地牢，却有侍女阻拦。

一声鞭响，阿奴眼看着锦袍染灰的李采玉越来越靠近自己。直到近得不能再近，她的声音响在耳边："阿奴，你抬头。"

他抬头，对上一双星星一般的眼。

他有些瑟缩，喃喃道："郡主——"

"母亲和舅舅要我做公主，嫁去金帐国做王妃。"她偏头，眼神纯真，"嫁妆和下仆都已准备妥帖，只有一事烦恼。

"在金帐国做王妃，必要有好马，也要会骑马。母亲担忧我受人奚落，将全部乌孙马都给了我。可能制得住赤血的，唯有你。你可愿做我马奴，随我去金帐国？"

阿奴热血沸腾。

管事在后面踢了阿奴一脚，要他抓住这活命的机会。阿奴立刻清醒，答道："下仆愿意。"

李采玉笑了，道："别应得太快，再好好想想。毕竟去途万里，有家不得归；纵身死，枯骨也无人识。"

阿奴坚定地点头："为郡主，肝脑涂地亦不悔。"

13

李采玉学会了笑。

她对着母亲笑，去宫苑拜见太后也笑，会见使臣时笑得更欢畅。

所有人都夸她心胸广阔，不输男儿，以家国为重。

每听见一声赞，她便笑一下，笑得所有人都放心。

只有阿奴，牵着赤血走在前面的时候，会说上一句："郡主若笑得累了，可休息一会儿。"

李采玉便收了笑，对他道："我现在，是明玉公主了。"

阿奴便问："公主知不知，三皇子大婚了？"

她当然知道。

高华章请侍女转送来一封亲笔信，倾诉了自己的苦衷。

他向青天明月宣誓，有生之年，若他终得尊位，必会接她回朝。

回朝？从金帐国回朝？

李采玉将那信笺看完，细细地搓成绳，置在油灯中做灯芯。

她笑着对侍女道："祝三哥三嫂百年和合，早生贵子。我不便出府，你代我转达便是。"

那一晚，她静静地守着油灯，直到灯油燃尽，灯芯化为灰烬。

高华章爱看戏。他不爱受人追捧的主角，偏爱那些角落里配戏的，说在他们脸上才看得到真正的得失悲欢。

她笑过他古怪，可不曾想，到最后她才是那个为他人作配的。

李采玉笑着看两国交换金册，她的名字被铸在册页之上。她只感觉心里升起一点细微的火苗，不热不烫，却也不会熄灭。

那老迈的国王，可等得到她跨越万里路途？

次年春末，明玉公主远嫁金帐国。

百辆大车，数千牛马，三千余工匠和奴仆作陪，又有一千御林卫送亲。

她收了笑，远望着巍峨的宫墙，流下一行清泪。

这地方，她终究要风风光光地回来。

14

北风猎猎，如同钢刀。

阿奴立在山丘上警戒，偶有草屑和蒲公英的白色絮子被风卷过。

大漠危机四伏，常有夷族侵扰。国朝同金帐国结亲，夷族甚为不满，誓要掳了明玉公主，以嘲笑两国。御林军日日警戒，不敢有任何懈怠。金帐国随行的迎亲使者进言，最好令下仆和侍女们也学些骑马的功夫，以免到时候慌乱。

阿奴便做起李采玉半个老师，日日午歇的时候领着，就近练习。

"阿奴——"李采玉叫着，"你在看什么？"

阿奴有些不安："今日的风，不太妥。"

"有何不妥？"她问。

他动了动鼻子，浓烈的青草味里，藏着淡淡的血腥气。

阿奴道："公主，回车辇。"

李采玉点头，没有二话。她观察陪嫁近卫近两月，唯有阿奴最令人满意。他虽是不足十八岁的少年，但异常沉稳。不仅将五匹马照管得膘肥体健，更将她的车辇看得滴水不漏。她只要睁眼，便可见他在车外巡视；她只要开口要些什么，他一刻钟内便能送得上来。如同警惕的头狼，绝没有恍惚的时候。

阿奴护着李采玉上巨大的车辇,刚坐稳,便听天外传来一声极悠扬的鸟鸣,紧接着便是奔雷一般的马蹄声。

他扭头去看,北边的天上飞着几只海东青,地平线上出现漫山遍野的轻骑,呼号着举旗而来。

"夷人!"远处的兵士吹响牛角,大声呼叫示警。

前后护卫的兵士拍马而来,驱赶下仆收拾车马和行李,场面十分混乱。

阿奴心惊肉跳,拍下机关降下四壁车板。

李采玉的声音闷闷地传出来:"阿奴,别死。"

阿奴拔出腰上的长刀,刀锋雪亮,照出他狼一般的眼睛。他回道:"公主放心,阿奴命大,死不了。"

15

人总有一死,岂会有死不了的人?不过是不怕死罢了。

车辇乃是特制,车底由金钢铸成,四壁下了铁板,只要守住车顶,便水火难侵。

李采玉端坐车中,从裙底摸出一把匕首掌在手里。

侍女和两个陪嫁一片惊乱,翻出麻布褙子和贴身武器,要为她换装。

她只说不必。

李采玉道:"阿奴守车,他不死,车不破;若车破,必是阿奴死了。他若死,咱们无论如何都不会好活。"

换装无非是要逃,可这方天地,几个孤女能往哪儿逃?与其如丧家之犬，不如保持最后的尊严。

侍女无奈，只得止住动作。

这一静，便听见外间铁骑的雷霆奔踏和无数箭矢破空的锐响。

来得太快了。

一瞬间的冲击，直将慌乱的下仆和工匠践踏成肉泥；一阵胡乱的砍杀，便留下满地残肢。御林将军率兵从后方围来，却苦陷缠斗之中。

无数的兵器，接连不断地砍在车壁上。

车辇在晃动，拉车的马在嘶鸣，侍女们瑟瑟发抖地抱在一起。

良久，一滴血从车顶板滴落，打在雪白的羊绒地毯上，晕成一朵红梅。

紧接着第二朵，第三朵，直至连成一片。

李采玉仰头叫一声："阿奴！"

无人应答，只有尖刀入肉之声。

"阿奴！"她再叫一声。

依然无人应答，似有长刀斩了人骨。

李采玉站起来，用尽全身力气："阿奴！"

血不停地从顶板上流淌下来，在车内积了厚厚的一摊。

一切归于寂静。许久，传来一个微弱的声音。

"公主，阿奴在。"

16

阿奴守在车辇顶盖上，挺成一杆旗帜。

车下夷人尸首堆叠成山，触目惊心。

御林军残部来护，见阿奴搏命之态，畏惧而不敢上前。

御林将军直说公主无事，阿奴这才放了手中长刀，虎口裂可见骨。

众人赞他悍勇，将军也让最好的大夫来医治，又问他要何奖赏。

"不必。"阿奴拒绝道，"本是公主下奴，无需嘉奖。"

李采玉听人夸他性情高洁，将他召上车辇。

"阿奴，你救我一命，令两国盟约未损，想要何奖赏？"

阿奴跪在新换的雪白地毯上，重复自己的话："下奴无所求。"

"岂会无所求？"她不信，"人之所以为人，便是因有所求。"

一个貌美的侍女捧了金银和宝剑来，放他脚边。他没有拒绝，但也没有欢喜。

李采玉想了想，令侍女关门闭窗后退下。

车中只剩主仆二人，她道："阿奴，抬起头来。"

阿奴抬头，露出一张好脸。

李采玉端详片刻，点头道："你长得真好看。"

阿奴瞬间脸红，窘得无法出声。

"长得好看，本事又高。既不爱银钱，也不多瞧我那几个美貌的侍女。"她缓缓道，"你是无所求？还是所求甚大？"

他抿唇，两眼灼灼，似有火烧。

李采玉见状，心中了然，她起身褪去外袍，又要解白色内衫的衣带。

阿奴立刻转身，不想李采玉却移步挡住他。

他别开头："阿奴乃公主下奴，救护主人是本分，绝无非分之想。"

"你没有，我却有。"李采玉叹一口气，伸手触他脸颊，"母亲厌我，高华章负我，皇帝舅舅问也不问我一声便颁了圣旨。我虽身份尊贵，

却连一次选择的机会都没有。现天高地远，谁也管不着我，我便要给自己寻个合意的郎君。你意下如何？"

他不看她，也没有回答。

"阿奴，可是不敢？"李采玉双手捧住他的脸。

阿奴挣扎，要推她，却又不能用力。

半晌，他垂头看她，说道："非是不敢，实乃不愿。公主金枝玉叶，当爱惜自身。"

李采玉贴着他的耳朵，轻声道："胆小鬼。不过是心悦于我，不舍得我以身试法。"

阿奴显出三分狼狈，推开她，胡乱行礼后，仓皇地跳下车辇。

李采玉沉沉地笑，笑得泪流满面。

天地茫茫，竟只有一个下奴心疼她。

她从衣裙下翻出一个锦囊，推开车窗喊了一声。

"阿奴！"

阿奴停步转身看着她。

她抛出锦囊："赏你的。"

他扬手接了，却没看。

她道："不看看是什么？"

他扯开拉绳，落出一块温润的玉牌来。

17

他们终是到了金帐国。

成礼那日，阿奴亲自送李采玉入王帐。

入帐前，她瞥着他问："阿奴，亲手将我赠予别的男人，可是后悔了？"

阿奴垂头不敢看她，悔不得，亦求不得。

礼成，国君大喜，特为她独设一大帐，不受中宫大妃管束。

金帐国中人不喜异族，言南人羸弱，又嫌明玉公主非皇帝亲女。

李采玉听了侍女转述的碎语，向国王进言："我身上穿的，是母亲给的锦缎；我口中所食，亦是下奴自行耕种烹饪；我所居大帐，乃自家工匠搭建。全身上下，从头至脚，未耗费王庭一分一毫。人有闲言，不是嫌我奢靡，实是不满君王同国朝的盟约。竟然说南人羸弱，以金帐国为盾抵挡夷族。我不服气，想同他们比个高下。"

国君虽年迈，但明理有志，就问她："公主要怎么做？"

"我想从陪嫁的亲卫中选二十人参加比武，若其中有人能得'八都鲁'之号，王上便要为我做主，讨伐夷族，报我被伏击之仇。"

国君爱她美貌之外还有胆识，便允了。

阿奴从下仆中选出身强力壮的几百人来，操练武艺，过两月，略有小成。

李采玉将赤血等五匹宝马借出，令其"不可堕国朝威风"。

阿奴自然满口应诺，对这样一个扬名的机会求之不得。

一个着意培养，一个本就有才能。

勇士比武之日，阿奴打败各部落的武士，当真夺了"八都鲁"之号。

国君欢喜，赐他弓箭长矛，封了百户。

李采玉趁机要国君兑现诺言，笑问："王上，那夷人之事——"

国君方要言语，八部众死命反对，直言"秋冬动兵不吉祥""南人才该为自家公主报仇，何须金帐国人动刀？"。

国君不便违逆众人，便出了个各折中的办法——要阿奴领了一队兵，去扫平某个不服的小部落。

李采玉心知这已是最好的结果，便不再争，只要阿奴趁机夺那一部的军权。

阿奴不负重托，果然大胜而归。

便有显贵来，言说阿奴有雄才，堪为女儿良配。

李采玉要赏阿奴，请他入自家大帐，亲奉美酒，似笑又非笑地问："阿奴，可要成家立业？"

阿奴则道："卑贱之人，蒙公主错爱——"

李采玉颔首："我确实爱你，可这不是错。"

阿奴抬头，只看着公主，目光炯炯。

隔年夏，明玉公主帐中产下一子，乃国君最幼子。

国君大喜，欲大办满月酒，奈何老迈，于一夜旧疾复发，不药而亡。

李采玉唏嘘，国君虽老，但对她也多有厚待。

中宫趁机发难，召八部长老来，推举大王子为新王。

阿奴只得一部之兵，且部落人皆心向大王子，无力争夺王位，暂且依附之。

新王即位，愿遵两国盟约，封明玉公主做王妃，仍独居大帐。

阿奴再送公主去新王帐，李采玉又问："阿奴，你可后悔？"

阿奴沉默，又在帐门口立了整夜。

半夜月圆，他摸出怀中白玉把玩。

次日晨起，公主出帐道："新王穷奢极欲，性情残暴，恐怕不能长久。"

新王穷奢极欲，性情残暴。

八部不满新王暴政，群起而攻之。

新王死，金帐国大乱，八部欲瓜分国土。

中宫再无力维持，只看着诸王子你来我往，杀得血流成河。

阿奴趁机招揽游民，壮大本部，又收复四部，功勋卓著。

王族会于大都，重开王帐，需推举一新君。

诸王子互不相让，更有垂涎明玉公主之人，口出狂言，极为不敬。

李采玉端坐珠帘之后，神色庄严，恍若未闻。

阿奴面若寒霜，拔出腰间长刀，执刀而出，取狂徒首级。

无人敢再妄言。

李采玉出珠帘，指着自己帐下的幼儿："即日起，他便是金帐国国王。各部推一长者入王帐，教导国君为王之道。"

八部分权，利益均沾。又见阿奴刀尖滴血，帐外铁骑环绕，无有不应者。

群臣口称李采玉"大妃"，望座而拜。

李采玉自南来，至坐北，足有五年。

Slave

李采玉心情舒畅得很。她拉了拉身上的皮裘，说出憋了好几年的抱怨："这北方的冰雪，冻得人心窝子痛。"

阿奴为她多添一盆火。

她就着火光看阿奴，相伴多年，他已从单薄少年长成可靠的青年。

火光熊熊，她突然问："阿奴，你可想念你家阿姆？"

阿奴不言，又为她泡一壶清茶。

她嫌牛角杯不够美，不喝那茶水。

他便去库中找出一套完好的精致茶碗。

李采玉把玩着细腻的瓷胎："国朝此间，已是该办春日宴了。每逢这时节，我都要买比姐姐们更好的春衫、更新的发簪。母亲嫌我不让人，却不说姐姐们不疼爱我。"

阿奴心知，其实是她是想家了。

纵然有恨，到底还是想的。

"我不明白，母亲为何那般恨我。她生而不养，要我做事也不直说，反行鬼祟之道。当年和亲，只有七姐和我年纪合适，她舍不得七姐，就找神机先生来弄鬼。真当我是痴儿，不知那先生底细？不过是她养的弄臣，她怎么说，先生便怎么说。"她喝一口水，"只有三哥——"

阿奴眼静手稳，为她续了茶水。

她却见他眼中阴云，柔声道："阿奴，可是不欢喜我说三哥了？"

"没有。"

她贴近他面颊："只有三哥为我说句公道话。"

阿奴放下茶壶。

"可惜，后来连话也没有了。"

阿奴不欲再听，起身道："公主，卑下告退。"

李采玉丢开茶杯，拉着他衣衫不放："错了。"

他看着她的手："放开。"

她却坚持道："你喊错人了。"

四目相对，各不相让。

炭火一声炸响，照得她两眼发亮，更将他的私心照得无所遁形。

她看着他："只有阿奴，一言不发，却始终为我奔命。"

阿奴颓然，叫了一声："九娘。"

阿奴溃不成军，李采玉便得寸进尺，定要问他爱不爱。

"你可爱我？"

阿奴总是不愿立刻回答，必等到无人的时候才应一个字："爱。"

"你怕什么？"她嗔，"为何不当人说。"

他劝说："九娘，谨言慎行。"

"我纵不是金帐大妃，也是国朝公主，为自己选个合意的郎君，有何不可？阿奴怎么突然如此胆小？"

阿奴摇头："不是胆小，只为长久。"

李采玉见他束手束脚的模样，厌恶地看着大帐："总有一天，我要烧了这大帐。"

她见他不惊不怕，晓得也不是久居人下之辈，心情舒畅了些，又问："你可想家？"

他便答："不想家，只想阿姆。"

她捏着他下巴亲一口，笑道："我和你却不同，什么人也不想，只是想回去。"

想南边的好风水，想盛在金玉盒里磨得细细的脂粉，想晨起簪一朵刚从花园采下的带露牡丹，想穿在身上最新最鲜亮的柔软衣裳。

更想的，是那些欺她辱她之人，跪在她脚下求饶。

若能重返旧地，她愿用一切去换。

"阿奴，若能重返旧地，你可愿与我同归？"

19

阿姆常说："我儿是好郎君，若非生在阿姆腹中，必是人中龙凤。"

她供他好吃食，给他好衣裳，又为他请名师；学成归来，她担忧他前途，定要他入府。

阿奴不解，阿姆却说他有出人头地的才能，不可埋没。

他做错事，生了妄想，阿姆担忧害怕，却从不怪他不该。

她只是再三重复："都是阿姆连累你。"仿佛，他是连郡主都能配得上的人。

阿奴被明玉公主选中做马奴，便想带阿姆同行。

他等在阳泉公主府后门，等来的却是管事。

"阿姆呢？"他问。

管事摇头："你阿姆是公主府的伎人，辛苦操劳多年，现在年纪大了，不能再受北漠苦寒的罪。"

阿奴茫然，阿姆唯有他一个亲人，怎会不相随？

"你本是该死之人，奈何明玉公主钦点你为马奴，才侥幸得活。"管事道，"主家说了，你既受公主大恩，便该偿还恩情。此去万里，千难万险，定要护明玉公主无事。你不必担忧阿姆，阳泉公主府自然会保她终生衣食无忧——"

管事话没说尽，可阿奴尽知言下之意，他问："我知道为奴的本分，自然会为明玉公主肝脑涂地。为何一定要我们母子分离？主家不信我真心？难道要叫我将心剖出来？"

管事只是看着他。主家要的，不是誓言，而是掌在手心的命。母子两个聚在一处，四海逍遥，岂会一心为明玉公主？

阿奴自知失态，平复情绪后道："阿叔，阿姆可有话交代？"

"你阿姆说，愿你如蒲公英的种子，风吹去何处，便在何处落地生根。"

竟是要他不必管她，自去独活。

阿奴不舍得阿姆，却还是要走。

一路风尘，一路挣扎，从未有一日敢停歇。

国朝年年有使者来金帐国，他亦年年写信给阿姆，却一次也没得到过回信。

最后一次，一支商队辗转而来，不仅带了新王要的美酒，也带来阿姆的信。

信纸写满小字，沾了许多泪痕。

阿姆自入了阳泉公主府后，但凡有宴饮，她必要满身行头侍奉贵人，不敢有怨言。

一次夏日私宴，阿姆被喊去侍奉，被拉上软榻成就好事。更不幸的，是她有了阿奴。

她既不敢反抗，又不敢告诉阳泉公主。只因彼时正当国丧，那贵人不日便要坐上金銮宝殿。若此等丑事爆出，殿上人遭受非议，她也必不能活了。

阿姆信中言："阿姆笨，不懂江山社稷的大事，但也晓得一点儿浅显的道理。若我与人成婚，为你生下许多弟妹，公主再用他们来为难你，你该如何？我儿既已飞出牢笼，自当了无牵挂，翱翔于野。"

阿奴看完信，问那商人："我阿姆呢？"

商人冲他一拱手，径自去了。

阿奴便知，阿姆不在了。

他双目如血，胸中燃起邪火，觉这金帐国处处不如人意。

又恰逢新王死，八部为王位起纷争，要在大都推举国君。他听着那些人在王帐中胡言乱语，看着李采玉灯火下雾蒙蒙的脸，突然什么也顾不得了。他直接叫来部众，揭幕而出，手刃了那狂徒。

李采玉问他愿不愿回国朝？

他知，她愿。

她自出嫁之日起，心里便藏着一股火，憋着一口气，想要堂堂正正地回去将那些欺她辱她之人踩在脚下。

若那火气不灭，她便活不好。

可她愿，他却不愿意了。

20

李采玉新做大妃，要立威。

她开王帐，召八部商议如何报夷人埋伏之仇。

八部虽畏阿奴之凶残，却仍是铁板一块，不愿做国朝手中之剑。

更有人危言耸听，三国互相掣肘乃是正道，若夷人灭，国朝便要挥军直入金帐。

李采玉一言不发，只管逗弄小儿。

恰国朝边军遣使者送来一封书信，求盟友出力。

原是夷族同国朝又起了纷争，国朝十万大军出击，要灭了夷族。两方打得死去活来，各有胜负。国朝一游击将军领了几千兵士，深入荒野要寻夷族王庭，却失了方向，近半年没有找到。恳请金帐国大妃出兵，共讨夷人。

不等李采玉开口，八部长老立刻拒绝了。

还是阿奴出言："两国终究有盟约在。不能联合出兵，至少得帮忙寻那游击将军。"

这提议八部倒是允了，李采玉却道："不必。游击将军领几千部众都活不下来的地方，我母亲同舅舅也舍得我来，非是爱我，乃是恨我。现见我拼出头，便要来享好处？我不愿。"

八部见大妃有心结，便不言语。

169

信，自然是没回的。

一信不回，第二封信便至。这次，是要大妃亲启的手书。

信使将信给阿奴，阿奴呈给李采玉。李采玉拆开看了一眼，直接丢火盆点燃，恍惚间只见得"亲迎"二字。

她捧着茶杯道："凭一封信便让人做他手中剑，世上没有这般容易的事。"

明玉公主忍辱负重，熬死了两任国王，又刀口舔血拿下大妃的权柄，岂能白白给人用？

八部长老对大妃的表态，十分满意。

又一日，使臣再至，执了代表皇帝的使节。

李采玉看着那使节冷笑："居然妄想用皇帝舅舅来压我？国朝竟沦落至此？"

八部长老这才道："那游击将军兵败，残部只剩得几百人。国朝边军士气大伤，正在重新集结兵力，欲同夷族决一死战。夷人那处，也来了书信——"

她摩挲着细白的瓷胎，只道："如何？"

"若国朝败，夷人直入中原腹地，实力大增，必要吞了金帐；若夷人败，国朝必再用不上金帐——"

两难。

阿奴垂眸，看着李采玉锦袍的毛边，听着八部胡扯。

李采玉果然道："不如行那鹬蚌相争，渔翁得利之法。

"夷人同国朝酣战，重兵压在边城，王庭必然空虚。召八部精兵寻夷人王庭，重新扶持我部新王。"

不提为大妃复仇之事，八部众便无意见；提及扶持新王，八部长老则蠢蠢欲动起来。

阿奴环视王帐，出列朗声道："阿奴愿为先锋，百死不悔。"

21

大妃兴兵伐夷人，八部精兵尽出。

阿奴领军，望东而行，奔袭千里。

夷族四面楚歌，眼见王庭要落入金帐国手中，便再顾不得同国朝的仇，要和谈。

夷人欲和谈，国朝便出国书给金帐，要其停战。

战一开，如何停？八部不允，李采玉不允，阿奴更不允，牢牢地占了夷人王庭。

夷人愤怒，集结北漠各部，同金帐不死不休。

此一战，从金帐国西头打到夷族最东头，数百部族卷入其中。

百里无人烟，千里尽枯骨。

直到某日，国朝突下旨斥金帐无视盟约，多次拒绝出兵，导致游击将军部几千兵士陨落。又悍然不顾夷人和议之请，单方面发动战事，致万人死于兵灾。皇帝震怒，言说金帐国无视盟约，不配与之为伍。既金帐国不守诺，便当撕毁盟约。令三皇子出军边城，尽扫金帐国都，更要以大长公主之礼迎回大妃，以彰天威。

十万大军，狂潮一般席卷北漠。金帐同夷人本就两败俱伤，此时再无力抗击国朝大军，而其他部族早被夷族和金帐杀得零落，更只能望风而逃。

此一战，直打到王帐之下。

八部恍然回首，大都巢穴被侵，已回不去。

夷人亲王耻笑："金帐偷我王庭，却反被南人掏了老巢。好一出舅甥盟约。名曰'舅甥'，实乃祸端啊。可笑，可笑——"

八部首领方才转醒，自明玉公主入主金帐，金帐便无一宁日。她所依仗的，一是美貌，一是阿奴。

幸阿奴还在军中，正好抓了来，拿他去换回大都。

阿奴立马仗剑，虽有忠诚的部众护卫，却也知此事难了了。

他漠然地拔出长剑，剑锋映出他的脸来。

犹记出征当日，李采玉亲自点兵送行，再三嘱咐他："此去万难，活着回来就行。"

阿奴知她百般作为只为回国朝，可夷族和金帐不除，她如何风光返朝？

他愿为她百死，愿陪她肝脑涂地，却不愿再回那将牢笼。

22

多年前，李采玉同意去和亲，接了宫中来的圣旨，才被皇帝召见。

他执着她的手，拂去她脸上的泪，愧疚道："采玉，若恨便只恨我一人。"

她摇头："我是陛下亲封的明玉公主，岂会恨陛下？现国朝深受夷人战乱之苦，不得不行和亲之事。不是我，便是她，有什么区别？罪不在陛下，亦不是国朝。若要免了这般痛事，需得除根。行鹬蚌相争，渔翁得利之法。"她将自己苦苦思索许久的话说出来。

皇帝来了兴趣，便问她如何实行。

李采玉反手指着自己："我入金帐，自当舞弄风波，引得金帐同夷族相斗，将整个北漠卷入其中。两败俱伤之下，国朝安矣。"

皇帝便问："若不成呢？"

"局不成，赔的也不过是我一条命而已，于陛下并无损失。可若局成了呢？"

局成，以李采玉几年的委曲求全，换国朝几十年安稳无忧。

这买卖，合算。

"局成，采玉想要何物？"皇帝又问。

"有三桩事相求。"李采玉朗声道。

"讲。"

"其一，需得以长公主之尊迎我；其二，要神机先生项上人头；其三，高华章需得一跪一叩，求我入朝。"

"为何谁也不恨，却要为难他们？"

李采玉冷脸道："母亲不喜我，从来明明白白；太后宠我十年，是我之幸事；陛下是为天下生民，又能容我此等任性，我还有何怨气？只那神机先生，平白无故算我终生，我倒要看看他算不算得出自己的死期。至于三哥——"她眼中有恨，一字一顿道，"平日同我亲热恩爱，真心互许。谁料稍有坎坷，便弃我如敝履。这世间情爱何用？我只要做长公主，一世富贵荣华。"

皇上伸出手掌："好女儿，不愧是我皇家血脉。你有三求，便同我击三掌，应誓便是。"

她伸出右手，毫不犹豫地拍上去。

三声掌击，响彻云霄。

23 ◆

李采玉骑在马上，徘徊于边城口，不着急入关。

连日来，有小股兵士回还，均是当时和亲时带来的。

她抓着人便问："阿奴呢？"

来人摇头。

"他是大将，为何不知？"

兵士惶恐："八部长老知大都已失，要俘大将同国朝换。大将便要咱们分开来往南逃命，他亲自引着追兵往北方——"

北方，比北漠更北的北方。

李采玉远望高天，摇头道："不可能。他答应了我，要同我返朝。"

脑子里却有个声音，他只说要为她百死，却没说过要回去。

李采玉用力摇头，晃开那些杂乱的心思。

高华章开口："已是等了许多日，只怕等不得了。"

她充耳不闻，亦不答。

"单枪匹马，被八部追杀，只怕——"

李采玉冷声道："闭嘴。"

高华章坚持道："只怕已是不在了。"

她甩出手中马鞭，抽在高华章肩背上："叫你闭嘴！"

高华章忍气，两额青筋暴起。他道："九妹，我知道你怪我。可我说了能接你回朝，便当真——"

李采玉冷笑两声，她能回朝，不过是自己浴血挣扎，不过是阿奴为她奔命。与他何干？与他何干！

"就凭你，也配？我没让你一路爬回都城，已是为父皇留面子。"

高华章气恼，拂袖而去。

李采玉啐了他背影一口，却有些忧虑——阿奴命大，此番也该无事才对。

城头有边军在叫："有马来。"

一说马来，便听马蹄之声。李采玉大喜，拍马迎上去，果见一骑赤红的血影破开晨曦，踏霜而来。

李采玉大呼："赤血！"

赤血嘶鸣一声，前蹄昂立，鬃毛飘散。

李采玉却有些色变，那马背的鞍座上，为何空空荡荡？

赤血越走越近，喘息声越大，更能看见身上几处刀伤。它止步，停在她身前，缰绳上却系了一卷羊皮，似有血字。

她手足冰凉，只问赤血："阿奴呢？"

赤血双瞳疲倦，只摇了摇尾鬃。

"阿奴呢？"李采玉声嘶力竭，"他既答应我要来相见，便不能食言！"

赤血只看着她，静默无声。

李采玉双手捂脸，过得许久才伸手去取羊皮。

皮卷打开，落出一白玉，更裹挟着冲天的血腥气。

李采玉捏着那玉，浑身战栗。

她赠他美玉后，他曾在无人处问过："我乃下奴，不配美玉，公主为何要赠？"

她答曰："君子一诺重千钧。你能承千钧，自然当得起美玉。"

现在他还玉，是要毁了誓约的意思。

李采玉浑身战栗，再看那龙飞凤舞的血字。

"愿国朝繁盛，愿公主永享太平。"

24

天地昭昭，星辰轮转。

李采玉捏美玉，在城门口立了半日，终究入城了。

赤血不愿南去，几个马奴甩着绳套要驯它。它前蹄昂立，不愿屈服。

李采玉静默地看了半晌，颓然道："罢了。它既不愿入城，便放了吧。"

下仆不敢不从，果然松了缰绳。

赤血得自由，立刻头也不回奔向远处的大荒。

不知跑了多久，一声响亮的嘘哨由远及近。

赤血听见，兴奋地跑过去。

半晌，便见一人从草甸中飞出，落在马背上。

那人浑身是血，双目却如同明星一般。

他回望边城一眼，用力拍一下马背，向远方驰去。

心若君子，身化游龙，亦可所向无敌。

公主既往南，阿奴便北行。

—END—

Slave

可就在这一刻，她心中只有一个念头：我就要这个人，
和我过一辈子，他若死了，我不独活。

真"假"
REAL

文／\/\/\ 公子长安

FAKE

夫人

###

真『假』夫人

文 长安公子

长安公子，古风作者。微博@笠长安

小翠要嫁人了，临行前，张老爷单独找她谈话："小翠，这样安排，你有问题吗？"

"老爷，我听您的。"

"你……不怨我吗？"

"老爷，我签了死契，生死便由您安排，不敢有怨。"

张老爷点点头："死倒不必，只是你记牢了，从今往后你不再是刘小翠，你是张悦如！"

小翠点头。

"一定不能露出马脚，否则，不光我等性命难保，你家可还有父母和弟弟呢，你知道利害。"

小翠拼命点头。

01

山上娶妻没什么讲究，王大成遣人给张老爷扔下一箱子珠宝当聘礼，再用一顶小轿便把人接回来了。

王大成满心期待，听说张老爷家的那位小姐"艳若桃花，肤如凝脂"，他也不懂，只大概知道是很美、很白。他一介粗人，能娶个千金小姐，想想就乐呵。

没有什么天地礼，上了山就是他的人，但为了图个喜庆，山上的兄弟还是摆了宴，喝酒吃肉算是庆贺了一番。

待他回房，便看到一个女子规规矩矩地坐在床头。即便涂了胭脂，模样也只算得上清秀，身子骨有些瘦弱。这就是大家闺秀、千金小姐？说实在的，他有些失望。

那女子见他来，"嗖"地站起来说"老爷好"，他"嗯"一声，心想她还挺懂规矩。

随后，她匆匆打了盆水过来给他擦脸，擦完又让他坐床上，给他脱鞋袜，他还没反应过来，那女人已揉着他的大脚搓搓洗洗了。他忙活了一天，着实有些累了，被那柔柔的小手搓着脚，觉得还挺舒服。

他低头看那女人，细软的黑发贴在头上，温柔的样子倒也合他心意。他又想起她爹，莫名地乐呵起来，千金小姐给自己洗脚，赚了赚了，赚大发了。

他侧眼一瞟，一张带着刀疤的脸在床头镜子中映出来，他欣赏了一番，实在是帅，莫非……这女子被他"山头一霸"的雄霸之气所迷，甘愿做牛做马，伺候他？

哈哈哈，他大笑一声，便拉那女人到床上，那女人脸红得跟猴屁股似的，倒是没有反抗，很配合。他心想，我真是英武，抢个女人来都死心塌地的。

呵，怪我太帅气。

第二日早上，他出门，笑容满面，春风得意。兄弟们见他出来，满脸贼笑："老大，昨晚如何？"

他打着哈哈："还行，还行。"又想起那女人红通通的脸蛋，心里美滋滋的，弄这么个女人来真不错，就是有点瘦，那张老头是怎么养的女儿？"想到这儿，他招手叫来一个喽啰，"去，多割几斤猪肉，给新夫人养养膘。"

02

小翠是第一次吃这么好的饭，穿这么好的衣，不劳不作却衣食不愁，这难道是梦吗？她紧了紧手中的汤婆子，暖暖的，像这几日如梦般的生活。

她自小家贫，家中又重男轻女，自从家里有了弟弟，她吃不饱穿不暖，还要洗衣服做饭，去地里干活。父母怜惜弟弟，却从没想过她也是个孩子。

后来她大些了，家里就把她卖给人家做粗使丫鬟，有时干几个月，有时干一年。她是最低等的丫鬟，做最累的活，拿的钱也少，次次拿回家都挨骂。直到父母跟张家签了死契，换了一大笔钱。死契意味着以后这姑娘无论生死都是张家的人，要杀要卖都是主家做主，跟父母没有关系了。

她难过了许久，离开的时候想要最后抱抱爹娘，却看到他们满脸开心地在一旁数钱。她叹了叹气，摸了摸弟弟的头就走了。

张老爷不知道怎么得罪了山匪头子，人家要他的女儿做压寨夫人，张小姐千金之躯，怎能受此侮辱，当即便要悬梁自尽。张老爷心疼女儿，便想了这么个偷梁换柱的法子。

小翠替小姐嫁给了那个山匪王大成，他满脸的狰狞相，瞧着就让人害怕。她不敢忤逆他，怕他一刀把她砍了。但过了很长一段时间，他都没打过也没骂过她，反倒是好吃好喝地养着她，日子过得竟是这十几年里最安稳无忧的。她看王大成也顺眼了不少，甚至想，一辈子过这种生活也是极好的。

这一切，全因她替了小姐张悦如。

"阿如。"他回来了，他喜欢喊她"阿如"，这么雅致的名字也被他叫出几分土气，却又带着一分亲密。

"看我给你带了什么。"他伸出手，一只精致的凤凰银簪。他第一次给女人买东西，没什么经验，他逛了很久才在一家老店盯着做饰物的老师傅一锤一锤地打出那银簪。

小翠盯着簪子，这是第一次有人送她簪子，可想起这个人的身份，她心里就"咯噔"了一下。

她迟疑了很久才接过来，忍不住小声说了句："又抢了哪家的？"

王大成听了，一瞪眼，声音一下子高了起来："你什么意思？"

小翠吓得一哆嗦，心里直懊恼说错了话。

"你这大小姐还嫌弃我们抢来的东西？别忘了你也是我抢来的！"王大成夺过簪子就气冲冲地走了。

小翠在慌忙间只扯到了他的衣角："不是，我……我喜欢的……"

人已经不见了，小翠坐在床沿边后悔，谁知道他还介意强盗身份呀。那么一句话就恼了，得罪了这个匪头，日子不知道要多难过了。

她正为以后要经历悲惨生活而自哀时，王大成又回来了。他把簪子一把塞给她，脸色不好看，可声音倒是温柔了不少："这是我买的，买的，不是抢的。"

小翠这会儿可不敢说什么了，欢天喜地地接过来戴到头上，连连说喜欢。可心里还是忍不住地想，买也是用的抢来的钱，当然她只能在心里默默嘀咕。

"谢谢老爷。"

"说了多少次了，别叫我老爷，叫大成。"

王大成走后，她自己照镜子，银色的簪子插在黑溜溜的头发上，她差点认不出自己了。发质比原先好了些，有一种健康的光泽，脸也圆胖了不少，越发像一个衣食无忧的富家夫人。

这还是她吗？她呵呵地笑了笑。

03

做山匪这行，也是靠天吃饭。有时，大把的金银可供挥霍；有时，就得吃糠下饭。肚子饿得叮当响的时候。他们哪里知道什么是细水长流，东西都是抢来的，及时行乐及时休。

王大成知道他那个小姐夫人瞧不上山匪这个行当，他出身穷苦，那年家里实在吃不上饭了，父亲又因交不齐税遭了官司。折腾来折腾去，父亲病死在牢里，母亲一条白绫挂在了房梁上，剩下他一个半大小子，最后被逼无奈，才来这虎头山做了匪。

他不懂什么仁义道德，他只知道肚子饿起来谁也救不了你。他做山匪也有原则，只劫富户，穷苦百姓他从不沾分毫。

张老爷也是小气，只劫了他一车货，竟去告了官。

呵，也算他倒霉。这县官老爷和自个可是一伙的，可惜张老头不懂，所以只能乖乖献上女儿消灾。

他那个女儿……王大成向外看了一眼，那女人戴着草帽卷着裤腿在菜地里浇水呢。她微弯着腰，一根草绳随意绑在腰上，竟有一种绰约之美。

她上山不久便闲不住了，自己在山上捡了块地，一锄头一锄头竟开起荒来。起初他不让，哪有压寨夫人去开地的！但她说不想做个吃白食的，不干点儿活她难受。他都怀疑这是不是个大家闺秀了，喜欢干活？他拗不过她，就随她去了，后期还帮忙给她张罗着买想要的种子。

就这样，才一年多，他这个山头都快成菜园子了。那女人还说"自己种，有的吃，你们也能少下山去抢劫。"

哼，还记恨抢她爹东西的事呢？

不过由于之前那县官被调走了，新来的县官还不熟，软硬不吃，所以他们现在施展不开，已经很久没有"肥户"，兄弟们快吃不上饭了。

这女人倒高兴，摘了自己种的菜，放点米谷，熬成一锅锅的汤，兄弟们吃得还挺香。

这女人……他的女人。王大成看一眼阳光下忙碌那个身影，不禁有些得意。

"二六子，王二五……"他吆喝几个弟兄们。

"老大，怎么了？"几个兄弟跑过来。

他一个脑袋拍一巴掌："干吃闲饭的！看夫人在干活儿，不知道去帮一把？"

04

一天，另一个山的山匪头子徐武来商量货物的归属权。他们平日里井水不犯河水，但有时候遇到"大货"也会一起抢。前几日便有个难得的"大货"，两家合力得了，徐武便来虎头山商议分配事宜。

看到一桌桌的菜，徐武便笑道："我看你们虎头山也别抢了，直接再买点小鸡小狗，放养着，这里才更热闹。"

说着，对小翠远远吹了个哨。

王大成脸色一变，拽过徐武的衣服迅速把他拉走了。

徐武一脸惊奇地说："咋的，怕老婆？"

"胡扯！"王大强怒道，一会儿声音又低下来，"她是个大家闺秀，别吓着她。"

徐武扯了扯衣服："我看她倒不像个大家闺秀，你可别被骗了。"

王大成瞪他一眼："说正事！"

货物顺利分完，临走时徐武还说了句："说真的，兄弟，我那有条小狗，是个贵族狗，正适合在你这院子里养。"

"滚！"

看到一车车货物抬进来，小翠有些不高兴、王大成虽然看出来了，但也没法，他们干的就是这一行。

时间长了，小翠也不怕他了，拿着一把菜过来："不够吃再多种点，总是下去抢也不是办法。"

王大成薅一把头发，不欲与她争论，转身要走。小翠又拉住了他，其实小翠就一个希望，以后别去劫，她想好好和他过日子。

王大成显然不认同，但也不想和她过多解释。忽然，他灵光一闪："那啥，那人有条贵族狗，你要不要？"

小翠眼睛一亮，她最喜欢小狗，忙兴奋地点了头，都忘了原本要说的话。

小狗被领来，小小的一只，灰黄色的毛。

"这是贵族狗？看着像只土狗。"王大成抱给小翠。

小翠倒不在乎什么品种，她蹲下身拿水仔细地喂它，小狗摇着尾巴很是开心。

小翠更忙了，她给狗洗澡、喂饭、遛弯，还给它起了名字叫"小汪"。小翠唤狗的时候王大成总疑心是在叫他，他看狗十分不顺眼，看见了就踢它，还凶神恶煞地说："叫爸爸。"

此时小翠就忙跑过去白他一眼，王大成哀叹道："人不如狗！"

05

王大成是怎么知道他这个夫人是假冒的呢？那天他去街市给她买绸缎衣服，他挑了两件，一件青色，一件藕粉，想着正配她的肤色，恰好一位公子正带一位小姐来挑衣服，那公子说："悦如，你看这件如何？"

悦如？听到与夫人同名之人，他不禁多看了两眼。只见那家小姐肤如凝脂，气质高贵，五官也是一等一的精致，比自家那个漂亮多了。

他正感叹若自己婆娘也和这个小姐一样就好了，忽然听那掌柜说："张小姐必是要挑上等货色的。张小姐和郭公子婚期将近，是否看看婚服？"

同名同姓？他侧眼望过去，似不经意地问店小二一句："哪家的张小姐？"

"自然是城南张老爷的千金，还能有哪个张小姐？"

他暗自一惊，却不动声色地眯着眼打量起那小姐。白皙的脖颈挺直，优雅迷人，语气也是柔柔的。

这个才该是他的正牌夫人？那家中那个是谁？他脸色越来越青。

张小姐似乎感受到他阴狠的目光，随便问了几句便挽着郭公子匆匆离开了。

王大成看着那对身影消失在视线中，一股被欺骗的愤怒涌上心头！好一招偷梁换柱！这张老头，敢骗我！手中触感丝滑的衣服此刻在他眼中像是莫大的讽刺，被他像扔烫手山芋一样扔掉了。

等他赶回山上，第一件事就是要让手下把那正牌的张小姐再给抢回来。

至于这冒牌的……

他盯着跪在地上的小翠，神色复杂，背着手在屋里转来转去。

小翠低着头，不敢言语一声，但是她知道，他不会杀她的，也不会杀她的家人。同床共枕一年多，她就没见他杀过人。

王大成此刻心烦意乱，这个女人骗了自己！他掏心掏肺地对她，好吃好喝地养她，她竟然骗他！

王大成气急了，喊了王二五来，咬了咬牙："去，把她送给兄弟们。"

小翠愣了，王二五也愣了："这……这……嫂子……"

"什么嫂子，她不是你嫂子！"

王二五为难了，大嫂与大哥这一年说不上多么恩爱，但也没什么矛盾。大嫂给大哥打理家务，大哥也时不时给大嫂带点小玩意儿。

现在，大哥盛怒之下做出这个决定，等他冷静下来，万一后悔，倒霉的还是他们。

他如蜗牛般带着小翠慢慢地走着，心里想着，实在不行就让大嫂找个地方一个人待着。

终于，那边传来一声："等会儿！"

王二五松了一口气，只听大哥说："让她去管菜园，菜园那边的小屋给她住。"

"是！"王二五呲着嘴拉着小翠快步走了。

我真是个机灵鬼！

06

王大成把真的千金小姐娶回来了，虎头山又喝了一顿酒。

王大成踉跄着回屋，看那女人瑟缩在屋脚又带着怒意看着自己，一双美丽的大眼睛满是怨恨。王大成忽然觉得特没劲。

他想起那个女人嫁过来的那一天，她柔柔顺顺的，红着一张脸，容貌虽不是绝美，可是痛快啊！他王大成觉得痛快，娶媳妇的痛快。

他瞥一眼张家正牌小姐，美则美矣，不是他的菜，他一跺脚出了门，直奔菜园小屋。

屋里黑洞洞的，那女人这么早就睡了？他有些生气，但也不知道为什么生气。只气呼呼脱了外衣上了床，一把搂过小翠，粗重的呼吸在小翠耳边响起。

"你大喜之日怎么来这里了？"黑暗中小翠柔柔的声音传来。

王大成没有说话，把她搂得更紧了。

谁也没有再说话，许久，久到小翠以为王大成睡着了，却听他忽地问道："你叫什么名字？"

从前他以为她叫张悦如，如今发现她是假冒的，用了那么久别人的名字，那她自己的呢？

"刘小翠。"

"嗯？"

"我叫刘小翠。"小翠重复了一遍。这个名字确实不好听，但这是她自己的名字，她终于不用再顶着别人的名字生活了。

良久，听到身边人瓮声瓮气地说："嗯，刘小翠，王大成，般配般配！"

再一回头，那人已经睡了。

第二日清晨，王大成神清气爽，一扫前几日的晦气。

王二五来的时候，正瞧见他们家头头坐在菜园子里的石头上，笑眯眯地看着正在园里忙活的旧夫人。

他那脑袋实在想不通，怎么娶了新夫人，倒和旧夫人如胶似漆起来？

王大成看到他，皱起眉："什么事？"

王二五快步过去："老大，我们给县令的礼又退了回来，那县令还说，我们强抢民女，不日将来讨伐我们。"

"强抢什么民女？"

"就那……那张老头，他又去告了官。"王二五苦着脸。

王大成气得绕着石头转圈圈。

"新夫人那边……"

"什么新夫人，我才不稀罕！去，把她送回去！我不要了！"

07

小翠是想过些安生日子，但这安生日子真的来了后她突然觉得不真实，有种说不清道不明的感觉。有些开心，又有些害怕。

她从小被打骂惯了，到了山上却被人当大小姐养着，身份拆穿了，那个人依旧把她当大小姐养。

那人还是个土匪头子。

小翠不懂什么情情爱爱，她只希望这辈子衣食无忧，无坎无坷。至于那些弯弯绕绕的情绪她怎么想也想不通。

还没等她想通，山上便出事了。

官府来剿匪了，说是上头支援了精锐兵士，要把虎头山给一窝端了。

王大成手下的山匪也不是吃素的，利用地势扛了三天三夜，打得昏天黑地，可惜最后还是让人给攻上来了。

王大成作为匪首，被人五花大绑扔在地上，嘴里还骂骂咧咧："敢绑我！"

小翠作为被抢上山来的"受害人"，得到了亲切的问候。

"你可以回家了。"那些人说。

回家？父母签下死契的时候她就没有家了，而给了她一个家的人现在却被绑了起来。

他是个土匪，是个坏人。可她哪里有家呢？她没有家。

她留在山上没有走，整个过程她都显得很平静。王大成被装进囚车的时候她甚至还在想，终于摆脱这个土匪了。

可当囚车慢慢向山下驶去，车轮滚起的灰尘在空中飘荡，她忽然觉得一阵绞痛，扯着心连着肺。

他要死了，那个给她买簪子的人，那个给她带种子的人，那个粗鲁无比却待她如宝的人。

她毫不犹豫地飞奔出去，追着尘雾前行。

追上押解的囚车，她手攀着木笼，对着里面那个人叫："大成，大成！"

她说："你不要死，我在这里等着你，我等你一辈子，你不要死。"

王大成在囚车上，瞪着红红的眼睛，心里一个劲儿闪过——你个傻女人，你个傻女人。

爱情是什么时候开始有的，他们不知道。这两个出身并不高贵的人似乎也不会想到这么有哲理的字眼。刘小翠只是想过安稳的日子，王大成只是想要一个女人。

可就在这一刻，刘小翠心中只有一个念头：我就要这个人，和我过一辈子，他若死了，我不独活。

而王大成心里想的是，一生短暂，快要死去的时候才发现最应该感谢的人是张员外，感谢他那偷梁换柱之举，把这个女人带到了他身边。

囚车继续带着他往前走，他回头看了一眼那个女人，风把她的头发扬起，她显得更瘦了，在天地间那么孤独无依。

多么希望她能安度后半生啊。

08

后来怎么样了呢？王大成死了还是活着？这还要从张员外说起。

这几日，张员外正张罗着给闺女说婿。张小姐本来有个未婚夫，但因她被山匪王大成劫走，那未婚夫就悔婚了。

按说以张员外的家底再寻一门亲倒也不难，只是那被劫的事闹得沸沸扬扬，有头有脸的人家都不愿结这门亲，耽搁了好几年，张员外也是操碎了心。

这日张员外得了个消息，回家喜滋滋跟张小姐商量说："我县新来的那个将军手下有个王副将，瞧上了你，正打算遣人来说亲呢！我看这门亲事不错，到时候你就应了吧。"

张小姐自许清高，长相又美，实不甘心只嫁个副将。她不甚情愿，欲言又止。

"儿啊，你这情况也就这外来的、不知情的人肯与我们攀亲。若想在本地找个门当户对的好公子，实在难，穷小子你又看不上，这王副将是个好选择啊。"张员外劝道，"过了这村就没这店了。"

张小姐此刻期期艾艾地开口："我听闻那将军并未有女眷……"

张员外叹口气，算是明白了闺女的心思。原来她心高气傲，打那将军的主意。也是，依她这般品行容貌，别说是将军，就是皇帝的妃子也是做得的。

他无奈又去打探，转了不少弯，才探了个消息。那将军并非没有女眷，只是他初来乍到，并未将夫人带在身边。人家有个原配，感情甚笃，纳妾也是不肯的。

他把消息转达给女儿，张小姐咬了咬唇，此时此刻，那王副将是最好的选择了。

她下了决心，点了头，就这样吧。最后，她问了一句："那王副将叫什么名字？"

"王二五。"

对，这个王二五，就是那个王二五，跟着王大成的王二五……

三年的时间说长不长，说短不短，却足以让一个鲁莽之人变得沉稳干练。一身盔甲锃光闪亮，军靴穿在脚上，步步铿锵，他挺直的脊背像一棵白松，一点儿也看不出这个人是个山匪出身。

王大成抹了一把头，踏了踏靴子，自我陶醉一番，帅！本将军真帅！

当年官府剿匪，他作为虎头山头目第一个下了狱，本该逃不了被砍头的命运。谁料想下来的钦差是个惜才之人，查阅王大成履历时见他未劫过穷困之人，以义气为重，不禁对他大为赞赏。又恰逢边境屡次被外敌骚扰，钦差便上书皇上，改剿匪为招安，派王大成去边境战场杀敌。王大成也是争气，凭着一腔热血与一身武艺带着手下屡立奇功，回来后被封了将军，真可谓是衣锦还乡。

安排好了军务，在一个晴朗的日子整饬好自己，他带了几个手下，去了他的老地盘，虎头山。

回来他就打听过他那夫人的消息，她没回家，也没去张家，最大的可能性便是还在虎头山。她说过等他，只是，三年过去了，她真的还在吗？

他心里不是没有忐忑，走的每一步都在怕，怕故土依旧，佳人不在，怕这三年日日夜夜的想念成了空。

待他走入那熟悉的土地，正值晌午，晴空无云，一只大狗在烈日下伸着舌头朝他奔来。

"小汪？"这么大了？果然是条土狗。

他蹲下身摸着它光滑的皮毛，心中激动不已。狗在，她应当也在。

他抬头看去，只见日思夜想的那人正站在菜园里向他望来。她一身素衣，站在那里如弱柳扶风。

她白了许多，美，很美，王大成的眼睛不由得被水雾模糊。

忽然间，他皱起眉，她身后似乎有什么东西？等那东西慢慢挪出来后才发现，那是一个看起来两三岁的小孩。

那孩子瞪着水汪汪的大眼睛一眨不眨地看着他。

他瞬间从那种伤感的情绪中抽离出来了，怒了！这女人趁他不在竟和别人生了孩子？

一瞧见自家将军有了怒色，王二五立刻附到他耳边说了几句。王大成的脸色立刻由阴转晴了。

而那边，小翠眼中泪闪闪的，却没有立刻奔过去。她只是蹲下身，侧着头轻轻地对身边的小男孩说了句话。

你爹爹回来了。

你爹爹回来了！

此时微风正柔，阳光明媚。

-END-

COOL GIRL

本
SPRING'S

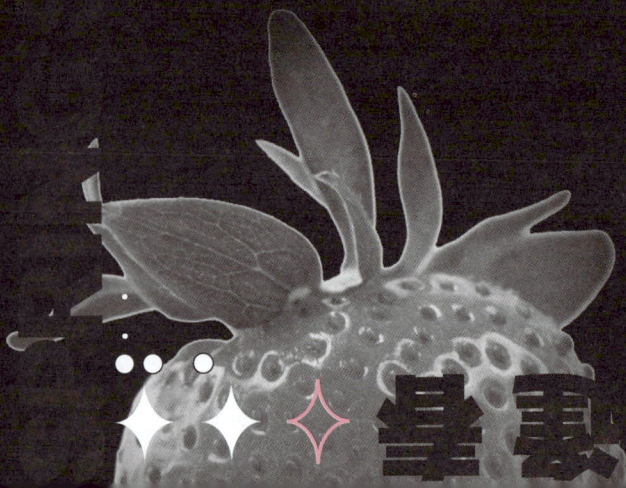
晕裹

NOT

文 /\/\/\ 言七苦

逢春

###

HERE

一声"逢春"，温柔轻软，仿佛山风吹开雾霭，
天地间刹那春暖花开。

未逢春

文 言七苦

中文系出身的中二少女，脑洞堪比月球表面，热爱悬疑冒险向写作风格，代表作为科幻异能小说《异化者》。

✦ 楔子 ✦

岁末，大雪天。

本该是辞旧迎新的热闹时节，玉京城内却家家关门闭户，街上零星的几个路人均行色匆匆。

忽然，有人高声喊道："人在这儿！"

戴修成领着一队士兵快步上前，遥遥望见那名尚在挣扎的少女。豆蔻年华，该是女儿家最天真活泼的时候，眼下这少女却是蓬头垢面，狼狈得连乞儿也不如。

"二小姐，这是要去哪儿啊？"

少女被拧着胳膊强迫跪下，倔强地抬头啐了他一口唾沫："该打杀的奴才！"

戴修成笑眯眯地看着她："二小姐，武家上下已满门抄斩，独缺你这条漏网之鱼。陛下准我便宜行事，若想得个痛快，还请客气些吧。"

少女冷笑："你有种就将我千刀万剐，否则只要我还有一口气，必从你身上咬下块肉来！"

戴修成慢吞吞地说："武家满门都是粗野之辈，生个女儿也没教养好……也罢，本官不与你计较这些，这便送你去教坊司，好好学学怎么做女人。"

闻言，少女脸色煞白，心一横，想要咬舌自尽。

戴修成立刻扇了她一个巴掌，摇头叹息："年纪轻轻，何必如此倔强？但凡你服个软，再到刑部那里做个证，把跟你爹勾结的乱党都咬出来，不就有大好前程可得？来人，带走！"直到少女的背影完全消失，戴修成才皱起了眉。

听到身后有马蹄声，他转身，被一道鞭子抽中了脸。这一鞭打得他皮开肉绽，戴修成却面色如常，一边抽出手绢擦拭血迹，一边道："武家余孽已经被我拿下，宋统领来晚一步了。"

来者是个剑眉星目的男子，他看了看雪地上凌乱的脚印和点点血迹，皱起眉："你动了武？"

"宋统领这是在责备属下？"戴修成笑了笑，"那人是乱党之女，哪怕把她就地正法，也算不得错。倒是统领日日奔波不休，竟没找出犯人半点蛛丝马迹，反叫属下先得手，不知是有意放纵钦犯，还是……想让这个位置换人来坐呢？"

宋玮对这番挑衅置若未闻，追问道："你将她押往何处？"

"教坊司。"

罪臣妻女卖入教坊司，至死难得脱离。宋玮握着马鞭的手青筋暴起，低声道："楚星河，你改了祖宗名姓，就连道义也忘得一干二净了吗？"

"道义？"戴修成嗤笑，"道义算什么？宋玮，你有何脸面跟我讲'道义'？别忘了，是你亲口告诉我，这世上义气如微尘，人命如草芥！既然它们不值钱，我还记着做什么？你觉得武家满门冤死，那我楚家就是活该？我不想死，想加官晋爵，别人的生死跟我又有什么关系？"

宋玮脸色惨白，看着他用脚擦去雪上红点，前尘种种掠过眼前，最终都归于静寂。

"这个世道，好人不得善终，祸害才能长命百岁。宋统领，像你这样两头不落的，下辈子就别做人了吧……"

戴修成转身离去，宋玮在原地默立许久，直到"轰隆"一声，冬雷突响。

✦ 01 ✦

德昭十八年九月十八日，秋风瑟瑟，落木萧萧。

如此萧索的秋色，逢春却看得入了迷。

五个月前，她还只是个画舫清倌儿，被贵人高价买下做了府中歌女，调教歌舞琴书四艺，然后秘密送进宫中，做了皇后娘娘的婢女。

宫廷戒备森严，莫说她一个风尘女子，就算是良家女子，也不是想做宫女就能做的。逢春是个聪明的姑娘，知道贵人费了这般心血要用她，是看上了她这张脸。

她进宫三个月始终安分守己，皇后娘娘让做什么，她就乖乖地做。终于在一个夜里，她被皇后单独叫进了寝殿。

这是她第一次正视皇后，皇后生得美，可惜已经老了。德昭帝最好美色，色衰爱弛在所难免。

皇后看着逢春那张素淡的脸，说："今晚十五，陛下会过来就寝，你……换件衣服，涂点儿胭脂。"

她依然乖顺地应了，当晚打扮一新承宠，第二天就被封为"悦美人"。

逢春生得好看，总能不经意地搔到帝王的心痒处，又能点到即止，因此她虽说不上艳冠后宫，却是最让德昭帝满意的。

更何况，还有皇后为她指点。这个女人在揣测帝王心思上很有几分本事，知道德昭帝年逾五十，正是多疑敏感的时候，要想扶持自己的儿子，就得先设法固宠。她若不行，就得找一个人代替她拢住皇帝的心。

逢春安安分分，哪怕她凭借帝王宠爱，两个月就被封为"悦嫔"，却依然对皇后恭恭敬敬，而对其他妃嫔的示好则一律表露出骄纵蛮横的不屑，坐实了恃宠而骄的名声，这是在暗示自己只跟随皇后。

天气转凉，在高皇后身边伺候的大宫女桃夭拢了拢衣领，手捧一只金丝楠木盒快步走向御花园，刚走进去就看到一个年轻宫女跪在地上，双手不停地自扇耳光，脸蛋一片红肿，看着万分可怜。

桃夭看到了宫女衣袖上的那朵白梅——为了方便管理，各宫的奴婢都在衣袖上绣了相应花样，从凤仪宫里的牡丹到群芳殿的芳草，所属何处一目了然。

桃夭心里打了个转，脸上滴水不漏，笑道："奴婢见过悦嫔娘娘，适才司珍房送来新打的金钗，皇后娘娘特令奴婢送一支过来。"

"替本宫多谢皇后娘娘。"逢春打开木盒，将里面那只"金步摇"插在发髻上。她笑了笑，手指轻轻一点那还在自扇耳光的宫女，"桃夭来得正好，本宫进宫不久，身边的奴才也是不懂事的，今日被这奴婢冲撞了，便罚了她自扇三十个巴掌。然而她是个哑巴，本宫不知她是在哪一宫伺候的，这般没规矩。"

桃夭这才注意到宫女脚边翻倒的食盒，里面的食物打翻在地，都是些粗劣糕点，遂在心里嗤笑一声，面上一本正经地说道："回悦嫔娘娘，这奴婢是在凝霜宫里伺候楚贵妃的。"

"楚贵妃？"逢春挑起眉，"本宫在这后宫里待了近半年，头一回听说还有这位姐姐。"

桃夭笑了笑，逢春顿时会意，命宫人们都退了出去，连那掌嘴的宫女也被拖走了。

桃夭这才说道："娘娘进宫不久，自然有所不知——这楚贵妃乃先丞相之女，很受陛下宠爱，只是后来楚丞相与陛下政见相左，又加上牵扯到前朝之事，所以辞官返乡，当时朝堂上议论纷纷，都说陛下无容人之量。楚贵妃也就遭了陛下厌弃，她又素来高傲自矜，拉不下脸与其他娘娘相交，更别说去讨好陛下，久而久之便被禁在凝霜宫里，跟冷宫弃妃无异了。"

"她落到这步田地，就算楚丞相已经辞官，难道就没什么消息传去？"

桃夭道："也怪她命不好，楚家在回乡路上遇到山匪，人全都没了。昔日有点交情的人出面料理了后事，之后就树倒猢狲散，再加上楚贵妃膝下无子，后宫里谁还管她呢？"

逢春了然，放过了这个话题："皇后娘娘特意派你走一趟，不会就只为了一支金钗吧？"

桃夭道："皇后娘娘让奴婢带话，'二皇子回宫了'。"

高皇后有一子两女，在她还是高淑妃的时候就诞下皇帝长子，也就是大皇子郑瑜。那时先皇后膝下无骨血，德昭帝已有立其为太子之意。

奈何郑瑜三岁那年，先皇后有了身孕，生下了二皇子郑珣。虽然先皇后体弱多病，生子不久就撒手人寰，但是她母族强大，又生的是龙子，这个眼中钉也就留了下来，成了皇后和大皇子心中的一根毒刺。

心里思量一番，逢春柔声道："二皇子犒军辛苦，先皇后又去得早，也是可怜的。皇后娘娘掌管宫务，虽然事务繁忙，但也不疏于关怀子女，正好二皇子生辰将至，不如双喜同贺，摆宴庆祝如何？难得喜事，各宫姐妹都应热闹一下，凝霜宫那里也别忘了。"

"娘娘的意思是……"

逢春慢条斯理地剥开一颗果子，笑靥如花。

✦ 02 ✦

德昭十五年十一月初三，大风日，荒草萋萋。

雁鸣关刚刚结束了连续三天的苦战，赵王叛军不得不退后三里，驻扎在大河彼岸，对这处关口虎视眈眈。

听到叛军暂退，雁鸣关又熬过了一回的消息时，武二娘正在杀猪。她拿块布擦去手上的猪血，问道："宋将军可还好？"

她问的是雁鸣关守将宋玮，此人年近三十，据说是将门功勋之后，哪怕在玉京里也颇有些地位，可谓是前途无量。然而他大概是脑袋被钉耙给刨过，竟然舍了唾手可得的大好前程，自请到这苦寒之地来做守将，至今已有整整四年。

而武二娘留在雁鸣关一年之久，就是为了这个男人。

雁鸣关里人人都知道，东街猪肉铺里的小娘子与守将大人不止有旧，而且还有情。宋玮行事一丝不苟，四年来身边没有留过人，只有武二娘能近身。

来报信的士兵答道："将军背上受了一刀，军医已经看过了，不妨事。二娘莫担心。"

武二娘弯腰接了一碗猪血，又从猪前腿上卸了块好肉，这才道："听火头军的老刘说，粮草不大够了，你把这些猪肉送过去，打仗的光喝粥怎么行？"言罢，她摆了摆手，也不管士兵的道谢，径自进屋去了。

煮了一锅猪血汤，再炖了一碗肉，武二娘把准备好的饭食放进木盒里，朝军营大帐走去。守在外面的士卒都认识她，当下就有人进去通报。

武二娘拎着食盒站在外头，眼里见到的每个人脸上都有抹不去的疲惫痛苦。就在这当口，一个人掀开帘子走了出来，长相阴柔，眉目阴鸷，看着就不像善茬。一身戎装还未卸，上面血迹斑斑，是副尉的打扮。

"我还道是谁来打扰将军布计，原来是美娇娘啊。"

看见他，武二娘就像吃了苍蝇一样难受，厌恶道："戴修成，你倒是命大。"

"将军护着我，我就算想死在战场上，恐怕也得先踏过将军的尸体啊。"戴修成浑不在意地向她走来，擦肩而过时声音转低，"他今天为我挡了一刀，可惜那人下手不够狠，要换成我，能一刀砍了他的头。"

武二娘冷笑，低声回道："我也可惜，当初在此见你第一面，就该宰了你。"

戴修成哼着小曲儿走远了，之前通报的小兵撩起布帘，武二娘平复了一下呼吸，抬脚走了进去。

宋玮正在看舆图，只披了外袍的上身还依稀可见包扎好的白布。

武二娘开口道："我给你熬了猪血汤，喝完再看吧。"

宋玮端起汤碗大口喝着，武二娘随意看了看舆图，道："乱军已经破开盘龙峪，又攻下了刀子岭，要是雁鸣关守不住，北方可就撕开一个大口子了。"

武二娘出身将门，从小就跟随父兄习武读书，很有几分见地。若非武家因为卷入皇子之争，被大皇子陷害谋反，恐怕她现在已经是个颇有盛名的女将了。

四年前武家被抄，她差点被奉旨捉拿的戴修成送入教坊司，幸好有当时任暗卫统领的宋玮相救，他以功勋向德昭帝求情，加上二皇子在背后斡旋，武二娘总算得到了赦免，做了一介平民。

武二娘独自在乱世颠沛，直到一年前在这里见到了宋玮，就再也不肯走了。

因为知道武二娘底细，眼下又缺人手，宋玮在这些事上并不怎么避讳她，把她当半个参谋用，想着熬过这一劫就上报为她挣点功绩，总好过在市井营生。

宋玮放下汤碗："朝廷的援军还在路上，昨日收到探子急报，大概还有三天行程。如果雁鸣关兵力充实，粮饷不缺，熬过这三天倒不算困难，可惜……"

武二娘道："可惜雁鸣关天高皇帝远，多年来各级守备中饱私囊，城中无甚底蕴。这个月又连番惨战，城中死伤惨重，粮草短缺。莫说两日，能不能撑过明日一战都不好说。"

宋玮叹气："我已派人去通知北方各处卫所地堡，希望能相互接应，但是派去的人无一回转，各处也没消息传来，眼下只能独撑了。"

"你欲何为？"

宋玮摇摇头："暂时无法……二娘，你先回去休息吧。"

"就算天塌下来，我也和你一起顶着，直到粉身碎骨。"

武二娘收拾食盒，冷不丁被宋玮抓住了手。他仰视着武二娘的脸庞，这张脸经历了人世沧桑，却依然年轻漂亮，在摇曳的灯光下更显出几分妩媚来。

喉头动了动，宋玮忍不住唤她："二娘……"

武二娘垂目看他，屏息以待，可惜宋玮到嘴的话还是咽了回去，改口道："你先回去吧，我、我去趟伤兵营。"

"怎么了？"

"刚才星……戴修成来找我，说伤兵营那边的情况恶化了，缺医少药，不少弟兄怕是过不了今晚，我想去送他们一程。"

武二娘目光微黯，道："我陪你去。"

宋玮起身整理衣襟，武二娘背过身去，忽然问道："你刚才为何不唤我的名字？"

"女儿家的闺名，哪儿能随便挂在嘴边。"

"但是我想听你叫出我的名字。"

沉默良久，宋玮开口道："走吧。"

✦03✦

德昭十八年九月二十日，皇后于御花园设宴。

入夜，御花园内灯火通明，打扮得体的宫人们端着美酒佳肴行走其间。高皇后位于上席，皇子公主居左席，宫妃以品级排序居右席，其中右席之首竟然是久不出面的楚贵妃。德昭帝虽厌了她，但是楚贵妃多年来循规蹈矩，并无甚差错，也就没降她位份，只当她是个活死人。

楚贵妃比逢春长几岁，长相清秀，纵然一身贵妃华服也压不住苍白脸庞上的病气，看着反而愈加孱弱了。

借着拿起酒杯的功夫，逢春眼波流转，瞥向对面的席位。

德昭帝共有五位皇子，最后两位年纪不够，母妃也都出身低微，没有角逐大位的本事。三皇子体弱多病，又沉迷于经纶，对国家大事无甚兴趣……

无论前朝后宫，但凡长了眼睛的，都知道太子会从大皇子和二皇子之中择出。

此时，高皇后温声问二皇子："此番犒军可劳累？"

二皇子郑珣闻言起身："多谢母后关怀，儿臣奉父王之命犒赏军士，不敢言累。"

高皇后掩口而笑："你这孩子，什么都好，就是太客套了些。今晚是家宴，不必太过拘谨。"

郑珣依然躬身行礼，方才落座。

他身边的大皇子郑瑜笑道："为兄敬二弟一杯，以洗风尘。"

"谢皇兄。"

兄弟两人推杯换盏，言笑晏晏，似乎再和睦不过。席上众人也都各怀心思，表面上滴水不漏，心里早已九转十八弯。

逢春收回目光，她是个聪明的女人，惯会察言观色，这场夜宴的主角无疑是那两位皇子——人们都觉得他们势均力敌，可是逢春已经看出来，大皇子不如其弟。

郑瑜虽然有本事，却不大沉得住气。相比于郑珣的进退有度，他锋芒太过，并不是什么好事。何况先皇后虽然早死，但母族势力仍存，有了这股势力，郑珣并不弱于郑瑜。再者，他在兵部有差事，又于三年前在雁鸣关战役中立下大功，因此在武将里威望颇重。而郑瑜现在所依仗的，不过是他多年的功绩和高皇后的势力罢了。

逢春心中思量，一抬眼，正好瞥见大皇子郑瑜的神色。他似乎只是无意间转头，目光从宫妃身上一扫而过。但是在这一刻，上头发出一声脆响，楚贵妃手里的酒杯落了地。

她正要起身代表众妃向皇后敬酒，没想到突然身躯一抖，酒杯砸落在地。高皇后脸色变了变，众妃眼中闪过幸灾乐祸的神色。逢春悄然一瞥，看到大皇子持杯而笑，目光似乎不经意地落在楚贵妃被溅湿的裙摆上。

逢春端起酒杯上前："姐姐可是身子不爽利？"

楚贵妃身躯微颤："我……是的。"

"既然身子不爽利，不如就先回宫休憩一下，可好？"逢春又转头看高皇后，"皇后娘娘仁慈体贴，定不会怪罪的。"

"……悦嫔说得对。"高皇后已经恢复了微笑，"来人，送楚贵妃回宫，再去请个太医。"

"谢……谢皇后娘娘。"楚贵妃说完就要跟着宫人离开，却被逢春拦住。

逢春递上酒盏："虽说皇后娘娘不怪罪，但是姐姐也要赔个礼吧。适才祝酒不成，不如就用这杯酒补上？"

楚贵妃明显不想多留，未曾犹豫，就道谢接过酒杯，对着皇后恭敬行礼，一饮而尽。

逢春回首瞥过两位皇子，看到了截然不同的神情，一位隐忧，一位……难掩兴奋。

敬酒虽只是段插曲，但夜宴的兴致已经被搅了。等到歌舞完毕，大皇子率先告罪离开，其他人也陆续散去。

逢春扶着皇后的手臂走到凉亭，柔声问道："大殿下似乎与楚贵妃……"

高皇后厌恶道："那女人是天生的狐媚子，早年勾引陛下，现在我皇儿也……"

祸乱宫闱之事一旦传了出去，楚贵妃没好下场，大皇子也逃不了，就连高皇后也别想落着好。

"幸好这两月来有你绊住陛下，否则这事恐怕已经露了马脚。我打算找个法子废了她，要不然夜长梦多。"

"皇后娘娘所言极是……"逢春笑着伸手拔下头上金簪，手指轻轻一扭，竟然从中扭开，露出中空的内里。

高皇后自然不会无缘无故地送东西给她，金簪只是幌子，重要的是藏在里面的东西———小撮白色的药粉。

这药能溶于水中，无色无味，女子一旦服下，就会出现头晕虚弱、身体滞重、寝食不安等症状。到时再遣太医院的心腹做些手脚，就能做出假孕之相。

高皇后本打算让逢春服下此药，等到月份稍大一些，便制造意外，从而嫁祸于人。但是刚才，逢春却有了更好的主意。

"我将此药融入酒中，已经被楚贵妃喝下了。"

高皇后眉头一皱："你……"

逢春敛目，温顺无比，说出的话却透着狠毒："娘娘可想过，一箭双雕？"

✦ 04 ✦

德昭十五年十一月初三，大河彼岸，赵王大军扎营之地，干戈操练之声不止。

德昭帝的皇位得来不易。十五年前先皇驾崩，生前未立太子，四名皇子争得头破血流，最后是非嫡非长的德昭帝得到了天下。

成王败寇，德昭帝坐上皇位之后杀了不知多少异臣，以雷霆手段堵住悠悠众口才走到了今天。

他的三个兄弟，有两人还健在，都被他赶到封地做了藩王，且八年来处处针对，甚至还提出了削藩。

泥人也有三分火气，更何况赵王不是泥菩萨。此番赵王勾结北蛮游牧民族造反，想要推翻德昭帝统治。连日攻城不下，三万大军士气受挫，各级将领正在整顿待战。

刚进戌时，天色黑沉，一名毫不起眼的士兵进入赵王大帐之中，弯腰行礼道："卑职见过王爷。"

赵王正站在沙盘前，头也不抬："可有消息？"

"回王爷，宋玮派往各处求援的骑兵都已经收拾干净，二皇子援军也被北蛮人拖住，至少要两天才能抵达。"

赵王道："做得很好，但是雁鸣关易守难攻，要在此之前取关谈何

210

容易？"

士兵从袖中掏出一块布帕："适才卑职奉命检查抬回来的尸体，在其中一具身上发现了这个，请王爷过目。"

布帕上空无一物，但有种刺鼻的古怪味道，赵王将它放在桌上，取过灯油将布帕浸湿，字顿时显现出来。

今夜亥时三刻，欲除宋玮，请王爷助一臂之力。

落款是一枚飞云印。赵王笑道："大善！"

那人终于准备动手了，只要宋玮一死，雁鸣关群龙无首，何愁不可得？

天上乌云蔽月，人间霜寒满地。

城里能用的人手已经不多，宋玮安排了士卒守卫城楼，自己就只带了武二娘和两个亲兵，一路往屯田而去。

一月苦战，死伤惨重，然而城中医师不过五六人，药物也短缺。重伤难治者之中有不少人发起高热，伤口也难以处理，怕累及其他伤者，因此就将他们转到了屯田附近的营房。

戴修成带着自己麾下士兵帮忙给医师打下手，锅里烧着热水汤药，却起不了多大用处。他们心里有数，这些人只不过是早死与晚死的区别罢了。

"药材不够，我等医术也不精，这些士兵恐怕……"

宋玮心中酸楚，堂堂男儿眼眶泛红。

武二娘知事，道："各位已经尽力，来时我们已经看过其余伤者，还要请各位鼎力相救。"

医师们应声，提起药箱离开，营房里就只剩下他们和戴修成几人。

戴修成惯会阴阳怪气："怎么，打仗的时候唯恐谁临阵脱逃，现在又来猫哭耗子？"

此言一出，宋玮身后两名亲卫额头青筋暴起，恨不能施以老拳。

戴修成和他们不一样，他不是参军入伍，而是被朝廷扔来服役的犯官。

半年前，从玉京押来一批犯官，戴修成就是其中一个，按理说没什么特殊的地方，然而偏偏他就不是个省事的主。

据说他本来不叫这个名字，只是在十岁那年被卖入宫廷，去势做了小太监。他从小性格奸猾，投了御前总管戴喜的好，被收为干儿子，改名换姓叫了戴修成。

戴喜贪赃枉法，自然也带不出什么好人。十年时间里，人人皆知戴修成是条仗势欺人的狗。所幸半年前大理寺卿倒台，牵扯到了戴喜旧案，帝王也终于厌弃，把这老太监给打入死牢，连带下面的爪牙也纷纷遭殃。

戴修成被押到这里来服役，不知多少人都等着看他怎么死，结果不知道守将宋玮吃错了什么药，把这面目可憎之人当亲兄弟一样对待，着实可恼。

宋玮不理会他的挑衅，径自带人推门而入。

武二娘正准备跟上，一阵风吹来，她吸了吸鼻子，皱眉道："什么味儿？"

戴修成"哼"了一声："伤兵营就这个味道，不爱闻就滚回你的猪圈去。"

这一屋安置的都是回天乏术者，其中大半都已殒命，剩下的也气息奄奄，拥着破烂棉被冷得瑟瑟发抖。

看见宋玮进来，其中一人嘶哑道："将军……"

"躺下说话。"宋玮阻止他起身，自己坐到旁边，紧紧握着那只布满伤痕的手。

"将军……贼子退了吗？"

"会的，一定会的。"宋玮说不出一个"不"字，只能连连安慰，"你要撑下来，撑过这一关，就能回家了。"

"我没家了，将军……"这人苦笑，"我啊，早年在户部做官，贪墨银两……落到今天的下场，怪、怪不了谁……"

宋玮这才知道，这人竟也是个犯官，应是与戴修成同批到此，难怪他对此人颇有照顾。

这人抓着宋玮的手越来越紧，喃喃道："可我、我还有个儿子，他还小，我……不想他死……"

宋玮连忙道："稚子无辜，你又罪不至死，陛下仁慈，定不会牵连。"

"不、不……他会死的，如果……"这人原本浑浊的眼睛里陡然爆出精光，"如果我不杀了你，他一定会死！"

盖在他身上的被褥突然被掀起，遮蔽了宋玮的眼睛，那人空余的右手竟然持了一把匕首当胸刺来，而宋玮的手还被他紧紧抓住！

与此同时，躺在屋里的其余"伤兵"突然暴起，从被褥下抓出兵器狠狠扑来，跟随宋玮进来的两名亲兵来不及反应，顿时倒在血泊之中！

一声闷哼，刀锋入肉，宋玮一手抓住刀刃，血淋漓而下。他面色不改，一脚踹上那人胸膛，将对方踢了出去，顺势夺过匕首用力一掷，洞穿了他的咽喉。他拔出腰间佩刀，目光如电般扫过包围而来的五人。就在这一刻，外面突然燃起了火光。

宋玮想起了进营房时闻到的刺鼻气味，当时没多想，现在想来，分明是被各种杂味掩盖后的火油气息！

此时，一队步兵悄然潜近，在城楼下放置了一些麻袋。有守卫城楼的边军发现不对，然而尚未示警，箭矢就已飞射而来。

城楼上顿时哗然："夜袭！"

狼烟升起，锣鼓示警，城中所有人都陆续被惊醒。

✦ 05 ✦

德昭十八年九月二十一日，冬雷阵阵，帝王震怒。

昨夜皇后设宴，却被楚贵妃闹得不欢而散，这事刚传到德昭帝耳朵里，未及发怒，就见悦嫔匆匆赶来，屏退旁人，在他耳边说了几句话。

"陛下，昨夜为楚贵妃看诊的赵太医今早求见了皇后娘娘，说楚贵妃那里……现在娘娘带人去了凝霜宫，托臣妾来找皇上拿个主意，您看……"

她温声软语，却听得德昭帝双目圆睁，一脚踢翻了御案。

"无耻！"德昭帝已年过五十，身体不如以往，眼下像破风箱一样重重喘了几口气，恨声道，"皇后做得对，此事不能声张……你让皇后不必顾忌，好好查清楚，朕倒要看看，她是和谁……"

逢春退出大殿，带着自己的宫人向凝霜宫而去，美艳的脸上隐隐浮现一丝微笑。

昨夜她将假孕药下在酒里让楚贵妃喝下，那药见效快，药力也猛，楚贵妃回宫不久就浑身无力，见着什么都想吐，一看便是有孕的症状。皇后又派遣了心腹去太医院和凝霜宫打点，楚贵妃这才倒了大霉。

　　此时，逢春来到凝霜宫，见这里凄凉得很，作为一个贵妃居处，实在寒酸到了极点，可想而知楚贵妃这些年来过的是什么日子。

　　高皇后正在暖阁里盘问她，逢春来前已经动了一番刑。逢春孤身进暖阁时，正看到高皇后将茶盏砸在楚贵妃身上，碎片四溅。

　　她绕过碎瓷片："娘娘怎么发这么大的火？"

　　"你来得正好，她嘴硬得很，什么也不肯说。"

　　高皇后满脸怒色，眼中却是笑意。楚贵妃披头散发地蜷缩在地，十指鲜血淋漓。

　　她自然是什么都不敢说。

　　在第一次被大皇子逼迫的时候，那人就对她说过，你大可以去告我，反正你说完之后，我不一定会死，你却定不会有好下场，你弟弟也是。

　　刚刚被拖进来的时候，高皇后也在她耳边说，你要想想你弟弟，本宫要他死，比碾死蚂蚁还容易。

　　楚家只剩他们姐弟二人，她不怕死，却想要小弟活着。因此受了这么多刑，她一个字都没有说，同样也没有攀扯无辜之人，都硬生生受下来了。

　　"皇后娘娘莫气，先去喝口茶歇歇，此处交给妹妹就好。"

　　交换了一个眼神，高皇后起身，带着自己的宫人去了前殿。

　　暖阁中只剩下逢春和楚贵妃二人，她蹲下来抬起楚贵妃汗涔涔的下巴，道："你这副倔相，可是跟楚星河像极了。"

楚贵妃身躯一震："你……"

话未说完，她又开始干呕，脸色煞白。逢春摇了摇头："怀孕的滋味不好受吧，不过……我想你更恐惧的是，明明喝过了绝育药，为什么还会落到这步田地？"

楚贵妃惊恐地看着她："你……你如何知道……"

她被大皇子逼迫，为了避免祸事，干脆吞服虎狼之药毁了底子，所以身体才越来越差。

逢春轻笑："昨晚那杯酒，味道如何？"

"你……是你做的！"楚贵妃拉扯着她，凄厉道，"我与你有何冤仇，要这般害我？"

"这世上杀人害人，难道都是有冤仇的吗？况且贵妃娘娘，若单是为了你，还不值得我们费这般手脚。"

楚贵妃脸色一白："二皇子？"

"你说与不说，这次都是死，为什么不选对自己最有利的一条路？"

"你们害了我，还想让我帮你们去害人？"

逢春目光微垂："你跟你弟弟倒真是不一样。"

"……你认识他？"楚贵妃挣扎着抓住逢春的脚踝，"他在哪儿？他还好吗？"

逢春轻声道："想知道的话，就按我说的做。"

◆ 06 ◆

德昭十五年十一月初三，戌时三刻，屯田伤兵营，烈火熊熊。

武二娘先一步察觉到此地有异，虽然没能阻止戴修成的人放火，却抓紧机会踹开了房门。

这里的屋子早就被戴修成精心布置过，火势迅速蔓延，在开门的一刹那，一块断梁当头砸下，幸好被宋玮一脚踢开。武二娘匆匆一瞥，只见屋里的"伤兵"都倒在了地上，个个一刀毙命。

她顾不了许多，一把抓住宋玮的手："走！"

"哪里走？"火光灼眼，戴修成冷笑一声，墙头上顿时出现四名弓箭手，箭头闪着寒光。

宋玮听得远处锣声示警，又见狼烟冲天："你……竟然通敌？"

"这又如何？"戴修成提刀在手，"只要杀了你，荣华富贵唾手可得……宋玮，我要拿你的命，祭我楚家列祖列宗。"

宋玮反问："你倒还记得自己姓楚？楚丞相满门忠烈，却出了你这样一个反贼！楚星河，你既然要拿我的命祭祖，那么可还记得楚家祖训？"

武二娘脸色剧变，她惊疑不定地看着戴修成："他……宋大哥，他不是姓戴吗？"

戴修成仰天而笑，却是一声令下，箭矢离弦而出。

这四人都是好射手，箭矢几乎同时射来，分别对准两人要害。电光火石的一瞬，宋玮反身抱住武二娘，同时侧身闪避，躲过两支箭矢，剩下两支却插在了他背上。

与此同时，戴修成纵身跃起，双手握刀高高举起，携着劲风向宋玮当头劈下。武二娘一手搀住宋玮，一手提刀相抵，堪堪将这一下挡住，虎口已经震得发麻。

她一直都想杀了戴修成，这一下才知道自己与这人的差距究竟有多大。武二娘借力后退，手中杀猪刀旋斩而去，直直劈中墙头一人的脑袋。

一击成，武二娘不敢恋战，她将宋玮的一条胳膊架在肩上，带他跃上那处墙头，避开射来的飞箭，跳出院墙，捞回方才扔出去的刀迅速离开。

此地离军营太远，而且城楼那边想来是出了事，一眼望去看不到可支援的人。武二娘扶着宋玮，在半人高的荒草中贴地潜行，奔进了不远处的小密林。箭头有倒钩，深深陷入血肉，武二娘不敢贸然拔箭，只能心急如焚地带着他在林中穿行。宋玮喘了口气，道："二娘，你自己走吧。"

"不可能……"武二娘压低声音，"当年你救我一命，在这苦寒之地戍守四年，我绝不弃你。"

宋玮苦笑道："二娘，你是个好人，滴水之恩涌泉相报……但我，不是好人。"

武二娘眉头一皱，却闻头顶传来一声冷笑："你倒是说了句真话。"

刹那间，一张大网当头罩下，那三名杀手已经弃了弓箭，和戴修成各自抓住大网一角从上方跃下。武二娘脸色剧变，手中却一轻——宋玮把她按倒在地，自己双腿一蹬，身如离弦之箭般冲了上去。

戴修成当机立断地撒手后撤，那三名杀手却没他那么好的眼力，只见宋玮的刀插入网中空隙，长刀与大网纠缠在一处，而他的身体像陀螺般用力一转，还紧握网子的三人就被顺势甩了出去。

他们人在半空无处借力，宋玮却不一样，他长刀一抖将大网扔下，整个人像山间野狐般窜了出去，等到他落下的时候，一个杀手已经毙命。可惜他已经受了伤，箭矢随着这番行动陷得更深。宋玮吐出一口血，双腿微晃。

看出宋玮乃强弩之末，戴修成带着剩下两人奔袭杀来。武二娘挺身挡在宋玮面前，拼着生受一下，也死死抓住一个杀手的肩胛骨，杀猪刀劈风而过，一个杀手被她解决掉了。

戴修成狠声道："当年叫你逃过了，今日就顺便收了你这条命。"

"你倒来试试！"武二娘目光如电般打量四周，最终落在戴修成身后那棵大树上。

宋玮想说什么，张嘴却咳出一大口血。武二娘心头一凛，手中杀猪刀用力掷出，不偏不倚，正好打下树上那个硕大的野蜂窝。

北方胡蜂向来凶狠，在这严寒季节，蜂群都避在巢中，眼下被外力打破，密密麻麻的一群胡蜂愤怒飞出，看见活物就一拥而上。戴修成两人猝不及防，顿时被袭了个正着，武二娘趁此机会，一把抓住宋玮掉头逃跑。

眼下离亥时三刻，还有不到半个时辰。

✦ 07 ✦

德昭十八年九月二十五日，冷雨如泣，寒风凛凛。

楚贵妃死了，据说是不慎掉入水池溺亡。

她生前低调，出事后帝后又迅速封锁消息，因此她的死并没有掀起什么波澜。

她死后，高皇后的人在凝霜宫寝殿里找到了一封血书，里面是楚贵妃写下的认罪之辞，揭露了与她做下丑事之人是二皇子郑珣，她觉得自己有愧于祖宗教养和帝王之恩，遂自尽谢罪。太医也作证，说楚贵妃腹中已有胎儿。

高皇后将这些东西和已经处理好的凝霜宫侍从一并交给德昭帝，引得帝王大怒。他私下叫来二皇子对峙，然而楚贵妃死无对证，留下的书信也确实是她的手笔，凝霜宫众人慑于高皇后威胁，都众口一词地诬陷他，二皇子口说无凭，虽然没有认罪，却还是令帝王生厌。

在这样的情况下，大皇子和高皇后一党的势力如日中天。二皇子一方虽也不甘示弱，但天子意味不明，一时间无论前朝后宫，气氛都紧张了起来。

就在这紧张的时候，镇北将军回京述职。

镇北将军宋渊年岁三十有六，曾在西南戍守多年，因三年前赵王造反，联合北蛮大举进犯北疆边防，他奉命率兵支援，从此在北方镇守下来。

宋家世代尚武，在德昭帝登位之时有从龙之功，其父为兵部尚书，二弟宋玮乃上任雁鸣关守将，立下赫赫战功，可惜在三年前因赵王之乱亡故，碧血丹青，可谓简在帝心。

宋渊在朝堂之上述职，言其穷三年之力，终使蛮军全数退回关外，并几乎将赵王余孽一网打尽，还搜罗到了朝中内奸通敌书信。

天子一一览过，怒不可遏，当日罢朝，唤了面色有异的大皇子郑瑜入暖阁。

半个时辰后，郑瑜头破血流地走了出来，脸色难看至极，匆匆赶往凤仪宫。

"什么？你居然私通赵王？！"

高皇后的身子晃了晃，眼前一黑险些没站稳，好在此刻没有旁人，原本正和她谈话的逢春赶紧将其搀住。

"母后，我……我真不是要卖国……"郑瑜现在六神无主，语无伦次，"当年我偶然听父皇酒后谈起削藩，说早想收拾了那几个王爷，只苦于师出无名。我、我听闻赵王好色冲动，就暗中送了几个歌姬过去，配合父皇的削藩旨意撺掇了一番，然后……"

赵王早有不臣之心，又被削藩旨意一激，再听蛊惑之言，这不就成了压死骆驼的最后一根稻草？于是，赵王造反，天子要收拾藩王就再无顾忌。

逢春道："殿下走了一步险棋，但其实搔到了陛下心痒处，应该也是好棋。"

高皇后顺了口气："若只是如此，你为何如此慌乱？"

郑瑜脸色煞白："我、我知道那雁鸣关守将宋玮是郑珣心腹，多年来帮他在军中游说，不知道挣下多少声名，就想着……"

高皇后浑身一颤："难道宋玮之死……"

"是儿臣借犯官服役之机安插了几个桩子在他身边，等时机一到，就……"

"糊涂！"高皇后拍案而起，"你要杀他，也不该挑那个时候！在兵临城下之际谋杀守将，我是何时教了你，要把争储夺位放在国家大事之前？你、你为何不先与我商量？"

"是、是儿臣想岔了，但是儿臣绝无叛国之心啊！"

逢春插口道："镇北将军递上的密信当真出自殿下之手？"

221

"是……我当时与赵王假意合作，写了几封书信作为引诱，但只是想借他之手扫除一些绊脚石，本以为这些东西已经被处理了，没想到……"

"现在说这些已经没有用了……好不容易把郑珣扯入浑水，你倒捅了个更大的篓子。"高皇后脸上难得出现疲态，"宋家支持郑珣，恐怕这一次也是特意回来给他撑腰的。你父皇虽然老了，但你做了这些事，就算他隐瞒下来，你也注定与大位无缘。"

逢春神情惶恐："娘娘，难道……"

高皇后脸色惨白，对郑瑜道："现在陛下厌弃你比厌郑珣更甚，就算他认下祸乱宫闱之罪，也要比你强！更何况他背后势力盘根错节，我们想一击必杀谈何容易？若不收手，我们……"

"未必……"

"你说什么？"

郑瑜慌乱到极致，就像一根即将崩断的弦慢慢松了回去，嘴角不受控制地抽动了两下："我说未必……郑珣背后的势力我们没办法，但若是没有郑珣，那些人也不过群龙无首。"

✦08✦

德昭十五年十一月初三，夜风凉彻骨。

离了密林，武二娘不敢耽搁，几乎一路半扶半背地带着宋玮往回赶。惨淡的月光从云层里泻出一缕，把两个人的影子都拉得很长。

忽然，狂风吹折了荒草，露出前方一人。

戴修成身上有马蜂叮出的大包，还有几道伤口，很是狼狈。他横刀于前，阴鸷的目光从两人身上扫过，最后落在宋玮脸上。

武二娘心都提到了嗓子眼，宋玮却还有心情聊天。他看了看这遍地荒草，问道："此地倒是像极了当年楚家人惨死之处。"

"你倒记得清楚。"戴修成瞳孔一缩，"当初宋大统领杀人如麻，原来还记得被杀者的脸啊。"

"其实我没那么好的记性，只是记得当初就在这样一片草地里，你趴在楚丞相身上，死死盯着我，那眼神……就像只狼崽。"宋玮松开武二娘的手，"那时候，我就知道你这小子将来不成大器，必成大患。"

武二娘从这只言片语里揣测出某些让人心惊的真相，她惊疑不定地看着宋玮，仿佛从来没认识过这个男人。

寒风凛冽，戴修成看着宋玮，问道："既然你早就猜到了，那时候……为什么没杀了我呢？"

戴修成至今仍记得，十年前在卧虎山下，自己的亲人一个个在眼前死去，最后只有他趴在父亲尚有余温的尸体上，眦眦俱裂地看着领头的宋玮。他的蒙面巾被楚丞相扯下，面容暴露在戴修成眼中，他几乎是把这张脸刻在心里，每夜噩梦都能梦见他。

宋玮道："我当时看你年纪小，有心放你一条生路，就干脆一脚把你踢晕过去装死，没想到会在宫里与你再见。"

"我醒来之后就成了孤儿，也不敢声张自己是谁，只好一路漂泊想要逃回玉京找认识的叔伯，没想到在半路上就被人贩给拐卖了……几经周转，最后卖到宫里做了太监。"戴修成空出的左手紧攥成拳，"从应有尽有的宠儿到一无所有的小太监，你知道我是什么感觉吗？吃不饱，穿不暖，受人欺辱，百般折磨！就连我唯一的亲姐，也只能相见不相认，唯恐招惹大祸……宋玮，这一切都是你亲手造成的，我取你性命，天经地义！"

沉默了片刻，武二娘眼眶血红："所以你就谄媚附势，踩着别人的脑袋往上爬？是不是觉得自己受够了苦，就该换别人被你欺压才痛快？"

戴修成认真地说："当然，倘若有碍眼的顽石拦路，我不但要把它踢开，还要把它粉身碎骨。"

宋玮忽然道："那么这一次，我是挡了大皇子的路？"

话音未落，戴修成便动了。

他右腿一蹬，整个人仿佛与刀合为一道闪电，骤然劈向宋玮面门。武二娘大惊失色，硬生生用双手夹住刀刃，腹部被重踢两脚也丝毫不敢放松。戴修成冷笑一声，长刀一撤一拍，震开武二娘双手，向她脖颈抹去。

就在此时，一把刀从武二娘腋下空隙钻出，自下而上斜斜刺在戴修成胸腹上。他倒飞而回，上衣破碎，露出一道斜贯上身的刀口。

宋玮扶住武二娘，他脸色难看得快没了人气，手里的刀还在滴血，眼神也如刀刃一样锋利。戴修成挣扎了好几下也没能爬起来，见他如此，向来恨其入骨的武二娘此时心中五味杂陈，她问："要杀了他吗？"

戴修成看着宋玮步步紧逼，不甘地攥紧拳头。

"不，如果杀了他，那就没有解雁鸣关之围的办法了……"宋玮走近了，忽地弯了弯嘴角。

09

德昭十八年九月二十九日，层云压顶，密不透风。

几天来德昭帝称病罢朝，不见臣子，只招了悦嫔与皇后侍疾，直到昨日申时后，德昭帝忽然派人传召大皇子郑瑜与二皇子郑珣，言将带二人前往射月园秋猎。

得到消息的各宫兀自思量，两位皇子则于今日起了大早，轻装简从地跟随德昭帝出了宫。

射月园乃是玉京城外由皇家圈出的狩猎围场，帝王每年都带亲信臣子来此射猎游玩，此次德昭帝无意大张旗鼓，只带了二十名侍从和一队暗卫随行。

赶了大半天路，在射月园中开了第一弓后，德昭帝便令他们不远不近地跟在后头。

郑珣看着阴影重重的密林，有些担忧："父皇……"

"今日不论君臣，只言父子。"短短几日，德昭帝脸上疲态尽显，他扬鞭指着林子，"要想得到什么猎物，也各凭你们的本事。"

这话含着深意，郑瑜与郑珣对视一眼，低头道："儿子晓得。"

德昭帝"嗯"了一声，本就人数不多的队伍一分为三，各向一方而去。

两位皇子一左一右，德昭帝带着十名暗卫在林中缓行。他也不射猎，只是边走边出神，眉头也越来越紧。不知过了多久，忽然风声一动，一名暗卫飞身而上，将德昭帝推下马背，一支不知从何处射来的箭矢贯穿了他的胸膛！

"什么人？"

剩下九名暗卫立刻把德昭帝围在中间，各自拔出兵器严阵以待。

但闻马蹄声渐近，一人从林间走出，半身是血和尘土，手里还握着弓箭。

"……二皇子！"

众人脸色一变，德昭帝的目光顿时沉了下来，却见郑珣愣了片刻，忽然抬手，弯弓搭箭！

帝王带皇子出猎，后宫内也正有游园宴举行。

因着前几日帝王称病，前朝后宫都惶恐不安，高皇后请钦天监的人算出今儿个是好日子，不但遣令妃嫔与公主，还请了三品以上的朝廷官员妻女同往凤仪宫偏殿的檀心阁为帝王抄经祈福。

高皇后这些日子精神不好，抄了一遍经文后就不得不先入后阁休憩。逢春屏退宫人，亲自给她奉上参茶，发现高皇后脸色苍白，手也在不自觉地发颤。

逢春担忧道："娘娘，你可还好？"

高皇后按捺下翻涌心绪，接了参茶有一口没一口地喝。逢春在旁觑着，知道她这是怕得狠了。

也是……犯上作乱，哪会不怕呢？

之前两名皇子接连出事，德昭帝又年事已高，的确是生了病，但并没到罢朝那样严重。只是需要一些时间好好思量，做出取舍。

他年轻时杀伐果断，到老就越来越心软耳根软，因此才会有今日射月园秋猎一事。可惜难得一番慈父心肠，注定是要败给狼子野心。

大皇子郑瑜，论本事不见得比郑珣高，胆子却着实大过天。既然勾结赵王之事注定他难登大位，明争又争不过郑珣势力，他只好铤而走险，仿效德昭帝当年的做法——他不但要杀郑珣，还要刺君。

德昭帝为了掩人耳目，因此轻装简从，二皇子郑珣自然也不敢逾越。郑瑜则事先在射月园埋伏好杀手，只等猎物入瓮。一旦刺杀成功，郑瑜便会布置好现场，栽赃嫁祸于郑珣。到时候死无对证，怎么处理后续还不是他说了算？

一念及此，逢春低下头，掩去脸上所有的神情，直到墙壁后发出几声怪响。

高皇后身子一抖，看向暗门，打开后正是满身血汗泥水的郑瑜。他虽然狼狈，脸上神情却欣喜若狂："成了！郑珣带着父皇纵马逃出林子，但是中了外围的埋伏，连人带马掉下山崖了！他身中一箭，必定没有活路，儿已派人去搜寻！"

"定要寻到，切不可留活口！"高皇后手指一颤，脸上闪过悲色。

天家最是残忍，在泼天利益面前什么都不是，更何况"相敬如宾"的夫妻？

"儿臣已经留下人马搜寻，特意先回来看看母后这边。"

高皇后扯了扯嘴角："本宫以抄经为名，已将大臣妻女和各宫妃嫔公主都留在了这里，外面轮值守卫的人都换成了我高家心腹死士，你的私兵于宫外待命。"

"那就请母后立刻封宫，儿臣这就去……"

话音未落，外面忽然传来齐声请安："见过陛下，吾皇万岁！"

一刹那，后阁内所有人脸色都变成青白！

同一时，透过窗纸，依稀可以看到殿外忽然多出了许多人影，皆手持刀戟，杀气几乎要透窗而入！

片刻后，一阵脚步声由远而近，面有淤伤的德昭帝拢着大氅，在镇北将军宋渊等人的护卫下推门而进!

"陛下……"高皇后浑身发颤,茶杯掉落在地,砸了个粉碎。

这一声像是惊醒了什么,本来站在高皇后身边的悦嫔突然连滚带爬地向德昭帝扑去,跪在他面前凄声喊道:"陛下平安归来实乃国之大幸!臣妾意外得知皇后与大皇子有谋反之心,奈何难以作为,担心不已!适才听说陛下被害,臣妾、臣妾痛不欲生,几欲……"

高皇后脸色大变,一口气哽在喉头。郑瑜恨声道:"小人!"

德昭帝目光深沉地看着她,声音听不出喜怒:"悦嫔一片心意,朕是明白的。"

逢春在侍卫搀扶下站起来,伸手要去扯德昭帝衣袖,泪光盈盈:"既然陛下平安回来,那就……让臣妾送陛下一程吧!"

语调变时,两把匕首已从袖中滑出,在掌中一转,直取德昭帝咽喉!

这突发变故让后阁内再度一惊,下一刻,逢春左手被宋渊一把握住。她顿时脸色惨白,却还不肯放弃,扭身硬扛了宋渊一拳,右手顺势转来,再度捅向德昭帝胸膛。紧接着,她后腰发出一声脆响——宋渊这一脚踹在她腰椎上。逢春的身体顿时像烂泥一样瘫倒在地,侍卫们用兵刃将她架起。

一切都在电光火石间,高皇后和郑瑜已经呆若木鸡。

宋渊扳过她的下巴仔细看了看,道:"启禀皇上,卑职认得此女。"

"嗯?"德昭帝的目光看向高皇后,冷厉如刀,"这可是朕的爱妃,还是出自皇后母家呢。你常年在外镇守,怎么会认得?"

高皇后心头一跳,有了不好的预感。

宋渊道:"三年前,卑职奉旨增援雁鸣关,在退敌后几度遭赵王府上杀手偷袭,此女便是其中之一。可惜她奸猾得很,一时不慎让她跑了,没想到……"

他这番话说完,高皇后与郑瑜已经面无人色。高皇后心中绞痛,强撑道:"陛、陛下,臣妾不知此女身份,请陛下明察!"

德昭帝不置可否,逢春倒是愤然一笑,她嘴里都是血,褪去了以往的恭顺,只剩下满满的嘲讽:"王爷早说皇家最是翻脸无情,我今天可算见识到了……皇后娘娘,可是你当初承诺说只要我为你办事,日后等大皇子上位,必然少不了我的好处。现在事发就矢口否认?呵,跟你儿子一样,当年和我家王爷交往甚密,一看势头不好就翻脸不认人!我呸!"

她张口向那边吐了口血唾沫,换来一记重重的耳光。

"你……"此刻,有书信通敌和射月园埋伏在先,又有逢春刺杀和御前反口在后,谋逆之罪已经不可洗脱。郑瑜拔剑就要冲上去杀了逢春,却被侍卫拦在三尺之外。

"够了!"脸上露出病态潮红的德昭帝一字一顿地说,"传朕旨意,悦嫔刺杀御驾,打入天牢!皇后病危,封宫诊治!"

他并没有说对郑瑜的处置,也没看这个儿子一眼,把他当成了一棵将要枯死的草。

德昭帝甩袖而去,宋渊令人架着逢春紧随其后,后阁被团团围住,里面只剩下大势已去的母子二人和地上一摊血迹。

没有人说话,直到高皇后心口越来越痛,她终于支撑不住,两眼一翻倒了下来。

10

德昭十五年十一月初三，刚过亥时。

宋玮出身于功勋名门，本该前途无量，可他偏偏选了最不好走的一条路。他心里清楚得很，入了暗卫，就是把自己这个人变成握在别人手里的刀。天子所指，便是刀锋所向。

他做过很多曾经被自己嗤之以鼻的事情，尤其是十年前他奉命袭杀楚丞相一家。看着幼子趴在父亲尸体上死死盯着自己，他感到了惶恐与无措。那是他第一次心软，一脚把那孩子踢下山坡，放了他一条生路。

他知道自己会不得好死，只是没想到来得那么快。再相见时，那个孩子变成了奸宦身边的一条狗，胡乱咬人，阴险残忍。

他越来越不知该如何面对这个面目全非的楚星河，更不知道如何面对自己，只能多番退避。然而在处置武家遗孤的事情上，他终于和那人爆发了冲突，也是阔别多年后，终于做了一回自己想做的事情。

宋玮看着戴修成，淡淡道："我曾经以为自己是英雄，但是这四年来，我在边关看多了生死，才发现自己是懦夫。"

从盛世玉京到苦寒边关，带着士兵们冲锋陷阵，在死人堆里打盹儿，在数九寒天下出操。生活多了种种不如意，心却越来越明白。

"说是为了救二娘而放弃前程，死守边关为国为民，听起来多么冠冕堂皇！可是我渐渐清楚，这只是我给自己逃避过去找的借口，又矫情又恶心，实际上我谁也对不起。"他看着戴修成，又看了看容色惨淡的武二娘，"二娘，你一直问我为何不肯接受你，现在我给你答案……宋玮，不配。"

武二娘哆嗦着嘴唇，戴修成大笑起来："宋玮！你竟然也会承认自己是个懦夫，是个小人！哈哈哈……"

宋玮平静道："楚星河，我们做个交易吧。"

戴修成摇摇晃晃地站了起来："什么？"

"你今晚已经手段用尽，凭你的本事杀不了我，而我杀不了赵王，那么我们为何不合作？"

此言一出，武二娘失声道："你……"

宋玮看着戴修成，一字一顿："我把我的命送给你，你替我刺杀赵王。"

雁鸣关粮草告罄，兵力不足，后援未至，就算举全城之力守关也危在旦夕，唯一的活路就是先设法从赵王处下手。两军交战，最能影响士气的莫过于主帅，只要赵王不在了，叛军必定大乱，军中北蛮势力也会趁机反咬，从而自顾不暇。

然而赵王身处大帐之中，就算披甲上阵，也有重重护卫保护下，要杀他谈何容易？唯有戴修成，作为与赵王勾结之人，他若有宋玮一条命作为敲门砖，就有了动手的机会。

戴修成想通其中关节，冷笑道："你打的好算盘！我若答应了这个交易，就算杀了赵王，也逃不出叛军围杀，那我为什么要拿性命帮你？"

宋玮道："为了楚贵妃。"

戴修成浑身一滞。

"戴喜是大皇子的人，你身为他的义子，自然也绑在了大皇子的船上，否则哪能习得这样一身本领，还在五年前混迹厂卫之中？那么，你的一举一动都代表了大皇子的意思，而我如今已是边关守将，就算

231

你我有天大的私怨，你也没有潜入边关来对我动手的本事，除非背后有人运作。"宋玮勾了勾嘴唇，"赵王素有不臣之心，因为削藩之策造反也有迹可循，但是他一路势如破竹，观其兵力却不如传闻，那么唯一的可能就是有内奸。"

他从腰封里掏出一张皱巴巴的染血字条："我本来只是猜测，直到刚才在伤兵营，那要杀我的犯官悄悄在我手中塞了这张字条——杀戴修成，小心大皇子。"

戴修成神色阴沉："那坏事的东西！"

"他只是明智。"宋玮碾碎纸条，"他应该是还有亲人留在玉京，并且受到大皇子的要挟而不得已为之，这样一想就能解释通了……陛下未立太子，两位皇子夺储之争已久，眼看二皇子在武官支持下胜算愈多，大皇子自然要借机斩其羽翼。这一手借刀杀人用得不错，就是算漏了人心。"

戴修成扯了扯嘴角："不愧是曾经执掌暗卫的宋统领。"

"我不是撕开这层真相来羞辱你，只是想告诉你……大皇子不可信。"宋玮凝视着他，"想必你此番前来雁鸣关做这等事，定不会只为了宋某的性命，想来是为了你唯一的亲人。"

戴修成的脸扭曲了一下，像是被戳中了软肋。

"都说长姐如母，更何况楚家只剩你们姐弟二人。曾听闻你自幼关系极好，当年我在宫中时也曾见到楚贵妃暗中照顾接济你。可惜她自己身在龙潭虎穴，没准哪天就会死于非命。"宋玮道，"大皇子之母乃当朝皇后，你真觉得乖乖做走狗就能换得楚贵妃过上好日子？戴修成，你不傻，应该明白二皇子才是最后赢家，也只有他能救楚贵妃。"

戴修成的脸色阴晴不定。

宋玮看了看城楼方向，伸手掏出两枚印信："二娘，这是守将令牌和我的私人印信，你快赶去大帐，将令牌交给副将……赵王是个谨慎的人，在没有十分把握之前决不会贸然攻城，所以他今晚闹出这样的动静，很可能只是虚张声势，意在吸引城中守卫，方便戴修成暗杀。"

咳嗽几声，他继续道："剩下一枚令信是我宋家信物，之前有探子来报说这次援军是我兄长宋渊，你将此物交给他，阐明前因后果，他定会好好安置你。然后转告二皇子，请他设法照看楚贵妃。"

武二娘没有去接，她的脸色十分难看："我不懂。"

"我也不懂，可这世上很多事不需要想明白，只要做得对。"宋玮把印信塞到她手里，目光难得温软，在她耳边轻轻地说，"我活得不光彩，却想死得像英雄，成全我吧……逢春。"

当年她陷入教坊司，就是被这个男人抱了出来，那时他也这般在耳边轻唤："逢春，别怕。"

一声"逢春"，温柔轻软，仿佛山风吹开雾霭，天地间刹那春暖花开。

可惜那时候她只顾着哭，现在也没能笑出来。

宋玮的头重重砸在她肩膀上，男人高大的身体压在她身上，突如其来的重量让她差点站不稳。

有温热的鲜血溅在身上，她低头，看见宋玮手中那把刀不知何时调转锋尖，刺入了他自己的胸膛。

戴修成看着染血刀尖从宋玮背后穿刺出来，整个人呆若木鸡，眼里闪现了一道光，然后慢慢湮灭，终于像个孩子般又哭又笑。

当晚亥时三刻，虚张声势的叛军骑兵撤回敌营。一个时辰后，雁鸣关守将宋玮的首级被叛军高挂于营外的旗杆之上，全城震惊，悲愤交加。副将接任大印，集结残兵歃血为誓，死守城门。

德昭年十五年十一月初四，赵王亲自领军攻城，雁鸣关举全城之力应战，老弱妇孺皆以身护城。战况惨烈，血流成河。眼看形势将倾，赵王身侧一将临阵反戈，持刀砍杀赵王，众军惊骇，其人毙命于乱刀，骨肉难辨。

主帅死于阵前，叛军大乱，不得已退兵。同日，军中北蛮兵趁机争抢兵权，叛军内乱起，雁鸣关得喘息之机。

次日，朝廷援军至，雁鸣关之危解除。

✦ 11 ✦

德昭十八年九月三十一日，天气放晴，云卷云舒。

重伤的二皇子郑珣在昏迷一天一夜后终于醒来，太医看诊之后确认已无大碍。

德昭帝屏退宫人，单手按住挣扎起身的郑珣："免礼，且躺着。"

郑珣倚在床头："父皇龙体可安康？"

德昭帝语气平淡："有你舍身相护，又有宋渊及时来援，自然无碍。"

郑珣如释重负地道："那就好，不知皇兄……"

德昭帝深深看着他："自然如你所愿。"

"父皇的意思，儿臣不明白。"

"这世上，难道还会有比你更明白的？"德昭帝冷笑，"这么多年过去，朕终究是老了，你们也已经长大了。不过，是不是想着自己已经长大成人，所以觉得父皇碍着你们了？"

郑珣猛然抬头："父皇何出此言？儿臣绝无此意！"

"你没有，但是你大哥有。"德昭帝目光冰冷，"朕知道，私通楚贵妃的人不是你，是你大哥。"

郑珣的嘴唇哆嗦了几下，被子下的左手慢慢攥紧。

"那封书信的确是她亲笔所写，但是在处理了她的尸体之后，朕的人在凝霜宫里发现了另一封血书，笔迹潦草，是楚贵妃仓促之下所写，上面写明了是大皇子逼奸、皇后逼供，不得已屈打成招，但仍不愿你就此被冤枉……呵，楚家的人，果然耿直到愚蠢顽固。"

郑珣垂下眼睑："既然父皇早知道真相，为什么依然要训斥儿臣？"

"因为，朕要让你收收心思。"德昭帝凝视着他，"你当真以为朕不知道……悦嫔是你的人？"

郑珣心头翻起惊涛骇浪，背后寒意刺骨。

他想起了暗卫，天子暗卫无孔不入，怎么会放过天子的枕边人？

他的手下根据高皇后这几年的心思推测出她想要扶持新人固宠，所以他费了两年心血调教出来一枚好棋子——悦嫔逢春，她看似是高皇后身边最听话得力的心腹，实际上是他这边的一大底牌。

楚贵妃一事，逢春明着是帮皇后陷害他，实际上是将计就计。既能暂时收敛他的锋芒，又能将夺储的矛盾激化，而他就在这关头通知宋渊，让他借述职之机施以反击，逼得高皇后和大皇子图穷匕见。

高皇后母子意图谋反，而他们的计划逢春早就暗中通知了郑珣，所以宋渊早已率人埋伏在射月园中。之前引而不发，只不过是为了让郑珣施展苦肉计把自己摘出来，同时让德昭帝直面郑瑜的狼子野心。

没有一个皇帝会留下想要弑父篡位的儿子，为了坐实这个罪名，逢春甚至在最后假意行刺，以自己为代价把皇后母子一并拖下水，再也爬不起来。

德昭帝负手而立："皇后是大皇子的根基所在，你在她身边安插钉子无可厚非，但是这颗钉子同样插在了朕身边，就有些过了。"

郑珣挣扎着下了床，跪地叩首，额头贴着冰冷地砖："儿臣有罪，请父皇惩处，但是儿臣需剖白一二……儿臣本无意与皇兄相争，只是他与皇后都容不下儿臣，视儿臣为眼中钉。儿臣若是不争，就无活路！这些年，大哥执掌礼部，却仍忌惮儿臣手握兵权，处处作对。儿臣结党营私不假，皇兄圈养私兵、勾结朝臣也不假，但儿臣自问无愧家国大义，而皇兄为了夺位与赵王勾结，暗害功臣忠良，难道这般行事能配上储君之位？"

德昭帝低头看着他，良久才道："起来吧，朕没打算处置你……你们兄弟五人，只有你和老大堪为储君之选，他失于大德，已经被朕所废，若是处置了你，这江山又要交给谁？"

说到这里，德昭帝挺直的背脊一松，仿佛顷刻老去了十几岁："这些年来你们兄弟俩明争暗斗，朕却不加以阻止，是因为现在非太平盛世，没本事的人坐不稳皇位，朕不怕你们争，只要你们有本事……然而，他太过了。"

郑珣步步算计是真，但郑瑜犯上谋反更是真。

"朕老了，也累了……"德昭帝看着郑珣正值风华的脸庞，像是看到年轻时候的自己，"既然做了这件事，就要做到底，把诸般首尾都收拾干净……朕择日就会下诏书立你为太子。"

郑珣颤声道："儿臣，谢父皇！"

德昭帝长舒了一口气，独自离去了。

郑珣仿佛被抽光了所有力气，跌坐在床榻上。

夙愿得偿虽欣喜若狂，然而转瞬就如冰水灌顶。

德昭帝的意思他听得很明白——高皇后必死，郑瑜不是被圈禁就是随母而去，高家势力必定会被连根拔起，逢春……也必须顶着赵王余孽的名头陪葬。

扫除这些污点，他才能光明正大地坐上大位。

微暖的阳光透过窗缝落进来，在地上洒出一线金光，郑珣依稀想起了一件事。

据宋渊说，三年前那一日云破天开，是苦寒北地难得的放晴之日。

武二娘就披着这身阳光，在众军悼亡之后，一身缟素地跪在宋渊面前，呈上宋玮印信，说出一切真相。

宋渊大悲，派心腹送武二娘与亲笔信回玉京，与二皇子私下相见。

她不要二皇子给出的富贵平安，双膝跪地，只说了一句话："有人以性命相交于我，我必不负之。"

从此，世上再也没有武二娘，只有一个叫逢春的女子，被篡改了过去，成了二皇子手里的一把刀。

✦12✦

德昭十八年十月七日，高皇后病逝，大皇子郑瑜悲痛过度，失足坠落高楼，不治身亡，母子同日发丧。

德昭十八年十月二十一日，丞相高荣被告勾结赵王乱党，获谋逆罪，满门入狱。

237

德昭十八年十月二十七日，德昭帝下诏，立二皇子郑珣为太子。

……

德昭十八年十一月初三，寒雪天。

菜市口附近人声鼎沸，无数百姓围在道路两旁，争先恐后地将烂菜臭蛋等物砸向中间的囚车。周遭士兵鹰隼似的眼睛扫视着人群，被看到的人都像被狼犬盯上，直打寒战。

百姓们对着囚车指指点点，不时开口咒骂——

"反贼，该死！"

"胆敢刺杀皇上，那女贼好大胆……"

围观百姓群情激奋，盖因三年前赵王造反，勾结北方蛮人大举叩关，祸害边陲村镇不知凡几，他们险些就破关而入，掀起一场腥风血雨。本以为尘埃落定，没想到还有余孽尚存，差一点就让他们死灰复燃。

午时三刻到，百姓们都激动起来，个个抻长了脖子往里看。囚犯们被按跪在地，监斩官一声令下，刽子手猛灌了一口烈酒向刀刃喷去，然后将刀高高举起。

冬日难见的太阳在此刻拨开云雾，却依然不觉温暖，只有寒凉。日光照在雪亮的刀刃上，晃花了人眼。

人群中，一名身着缟素的女人面色复杂地看着这一切。

若有宫人在此，必能认出她是本该"死去"的楚贵妃。

楚云裳是真的以为自己会死，可当她被逼写下书信之后，就被人打晕，等到醒来后发现自己竟然身处宫外一商人家中，而救她出来的，正是高皇后欲让她污蔑的二皇子郑珣。

郑珣告诉她，她亲弟早已死在三年前的战役里，也说了是逢春将她交到自己的手里，另寻了一名容貌相似的死囚顶替了她。

逢春只留给她一句话："楚星河抛却所有讨了你的命，我总算不负此约。"

楚云裳混在人群里，目光瞥过每一个死囚的脸庞，最后落在一名女囚身上。后者似乎有所察觉，抬起眼向她看来，无声地说了什么。

"咔嚓"一声，浅淡的笑意永远凝固在脸上，百姓高声欢呼，唯有楚云裳双目含泪，只借着低头的机会，悄然将眼泪拭去。

−END−

COOL GIRL

COOL GIRL
x
xxxx

COOL GIRL

Cool girl

. B R E A K
B R E A K

B R E A K

BREAK THROUGH

the City

破城

#

文／∨∨ 翎春君

『若我不来，你一个人会赢吗？』

『你都逃了，我拿什么让将士们为枫城拼命。』

○ ○ ○ . . . . .THROU

↑←↓↗

BREAK THROUGH THE CITY.BREAK TH
THROUGH THE CITY.BREAK TH
COOL GIRL TH

破城 *City*

文 WW 翎春君

微博@翎春君

我给你写故事，你跟我做朋友，好不好？

将军有心，只是夫人不信。

——题记

01

凉州破城的前五天。

深夜，城郊的小路上一行人正在赶路，为首的是个老头儿，背弓得几乎碰到地上，旁边的老太太也颤巍巍的，后面是一个孕妇，牵着一个虎头虎脑的小孩，看上去似乎是她儿子。还有一个中年女子，生得壮实敦厚，皮肤黝黑，一看就是庄户人家的婆娘，在一旁挽着孕妇走得很快。

大概是走得太急了，小男孩有些跟不上，脱口而出："妈妈，我脚疼——"

可是孕妇还没说话，中年女子就一巴掌扇了过去，声色俱厉："疼什么疼！再说一句官话老娘把你的腿打折了！"

她这一巴掌打得极重，小男孩捂着头，泪眼汪汪。孕妇摸摸孩子的头，轻声哄了两声："莫怕，听姑姑的……"她的话音戛然而止，几个士兵从前面走来，厉声喝道："站住！

什么人？！"

老头和老太太年迈，被他们一惊，半天说不出话来。中年女子上前点头哈腰地笑着："长官，俺们是小王村的人，这两天村里不安生，俺弟妹又快生了，俺们带孩子一起来城里投奔俺弟，俺弟是白楼裁缝店的学徒，叫薛五狗……"

"废什么话！把户籍证拿出来！"

老头抖抖瑟瑟地从衣服里掏出一个泛黄的本子，一个士兵扯过来看了一眼，逐个对照了一下，又道："手伸出来。"

他们挨个看过去，都是庄户人家满是老茧的手，唯有那个孕妇，除了中指、无名指和小指有些茧子外，手白白嫩嫩的。

士兵眼睛一瞪，中年女子连忙把孕妇拦在身后："长官，俺弟妹是村里的女先生，识文断字的，平日在村里教娃娃上课，没干过啥活……"

"滚一边去！"

士兵把她推了个趔趄，然后拿了一张通缉令对着孕妇看。

通缉令上是一个梳着老式发髻的女子，一副"人间富贵花"的长相——微圆的脸型，杏眼，生得极有福气——和这瘦长脸尖下巴的孕妇八竿子打不着。

士兵收起了通缉令，中年女子又谄媚着凑上来，一边悄悄往他手里塞银钱，一边道："长官，俺们真是良民！"

士兵掂量了一下，总算有了笑容："好说，我们苏军可跟顾狗不一样，最是体恤你们老百姓了。"

"对对，长官说得是！"

"走吧！"

"哎哎哎！"

243

中年女子扶着孕妇，边应声边快步走着，可是一行人还没走几步，就听见身后有人轻斥道："等等。"

军用手电刺目的光，将几个人的影子投到土路上，一个年轻军官带着人慢悠悠地走过来。先前的士兵慌忙行礼："参谋长！"

军官走过来，慢慢踱到这行人的面前，老头老太太早已吓得瘫软，忙喊道："不关我们的事！不关我们的事！"孕妇死死地抱住孩子，抖得像一片风中的树叶。

"顾夫人，别来无恙。"军官悠然地略过孕妇，走到那中年女子面前，挑眉一笑。

她深深叹了口气，一边摘下自己的头套，一边自嘲地笑出来："苏二爷大半夜亲自来查人，被抓到只能怪我运气不好。"

说也奇怪，不过摘了个头套，那种憨实农妇的劲头就在她身上消失得无影无踪，取而代之的是一种久居上位者的从容。

"好说。"

苏元凯是苏军苏大帅的二儿子，刚从德国留学回来，瞧着文静秀雅的一个人，行事却出了名的诡谲狠辣。

顾夫人被扶上了马车，又掀开帘子道："这家人都是平头百姓，被我逼着才与我一起走的，老弱妇孺的，别为难他们。"

"我怎么处置人是我的事。"苏元凯冷冷地吩咐道，"带走！"

02

时年乱世纷争，军阀割据，各大势力霸占一方。沈军雄踞东北，顾军占据西南十三城，苏军占据东南。而这些年苏军节节败退，眼瞧着就要被顾军吞了，苏二少却带人端了顾大帅的大后方——泮城。

泮城不是什么必争之地，地方小，军力也少。苏元凯之所以行这一步棋，一是为了扰乱顾军军心，二是据线报称，顾司令的原配夫人金采鸾就在泮城。

"二爷，您要是打算拿我来要挟顾广青真是打错了算盘。他在美国认识了几个识文断字的小妞，正回来跟我闹离婚呢！你信不信，我前脚一死，后脚顾家鞭炮就放上了。"

金采鸾坐在镜子前梳妆，她仍然保持着满族女子的梳妆习惯。一头乌油油的头发盘成圆鬐，正比量着不同的花钿。

"可以走了吗？"苏元凯并不搭茬，冷冰冰地说。

"去哪儿？"

"凉州，顾广青和我父亲正在凉州交战，我得去支援。"

金采鸾的笑容凝住了，她转过头，问道："二爷，您这是什么意思？去凉州必须要从辽城穿过去！那是沈军的地盘，连个全尸都不会给我们留的！"

沈军行事一向凶戾，若知道顾家夫人和苏家二公子经过自己的地盘，绝不可能留活口。

"顾夫人多虑了，我们自然有我们的办法，保证你安全到凉州。"

"你胡扯！"金采鸾声色俱厉，"漂亮话谁不会说！我告诉你，想让我跟你走，一百个护卫配枪！一个都不能少！否则我有的是法子让我自己死在这儿！"

苏元凯被她突如其来的怒气弄得有点愣住了，不过他很快平静下来，解释道："顾夫人，我们现在带的都是好手，一行人伪装成商客，什么事都不会有。你要那么大的护卫队，势必会引起沈军的注意，一旦交火，区区一百人，也不是他们的对手。"

"那是你的事，没准备好我是不会走的。"她转回镜子前，又开始比量耳环。

苏元凯被耗光了耐性，提高了音调："你有什么资格跟我讲条件？"

金采鸢冷笑一声："就凭你用得着我！就凭你靠真本事打不赢顾广青！"

"你！"

饶是苏二爷一向冷静，也不禁气得脸通红，伸手就去摸枪。而金采鸢面无惧色，反而朝着镜子一抬下巴："要杀我？来啊！"

苏二爷放下手，慢慢平息了一下，换了个称呼："阿姐，你我少年同窗，闹到这个地步又是何必呢……"

时局还没这么动荡的时候，一位大儒开了个私塾，附近有些权势的子弟都送去那里开蒙，其中就有顾广青和苏元凯。金采鸢平日里陪着顾广青上课，顾广青叫她阿姐，旁的小公子们也就跟着那么叫。

苏元凯在那私塾也不过读了一年，现在把这陈芝麻烂谷子的同窗之谊翻出来，已经是示弱了。

"阿姐，我们各退一步，我保你平安。"

金采鸢冷冷地一笑："没步可退，姑奶奶这辈子都是让别人退。"

03

凉州破城的前三天。

金采鸢还是赢了，一百人的护卫队浩浩荡荡地走着山路，护送她去凉州城。

那老人一家被绑着手脚，也跟跟跄跄地走在军队中。

金采鸾坐在马车上，旁边还有一盘盐津乌梅，她无心吃，每隔一会儿就问："过了辽城没？怎么还没过？"

苏元凯还在生气，被她问得烦了，冷冷道："顾夫人不是胆子很大吗？如今怎么这么怕死？"

"废话，我能不怕吗？我女儿还在家里等我，我若不能活着回去，她不得被顾家后宅里那几个小狐狸活吃了！"

"顾司令纳妾了？"

"他敢！"金采鸾的凶戾一闪而过，却叹了口气，"但是男人不就是那么回事儿吗？你今年二十五还是二十七？屋里姑娘都满了吧，各个都有名分吗？"

苏元凯不吭声了，半晌才道："都是年少的荒唐事了，如今我后宅很干净。"

金采鸾冷哼道："那是因为你有父亲兄长管束，我们家有什么？还不是顾广青说什么是什么。当时他娶我就不情不愿的，我又没给他生儿子，能不折腾吗？"

苏元凯到底年少，又没忍住接了话茬："听说是叫费雪柔，是前清老翰林的女儿。"

金采鸾白了他一眼："你到底往我们家埋了多少探子，是不是净在人床底下猫着呢？"

苏元凯还没来得及回话，前面突然一声巨响，他和金采鸾对视了一眼，掀开轿帘就看见小兵来报："报告参谋长！前方沈军来袭！先遣部队有二十人！有重武器！报告完毕！"

苏元凯立刻掏出配枪，丢下一句"阿姐别怕"便跳了出去。

金采鸢忍不住笑了一下，不是别的，是苏元凯让她想起了五年前的顾广青。

他也说过"别怕"，却不是对她说的。

那时顾广青刚刚接管顾军，被各大军阀围剿，偏他这个人又不善用兵，打了几场败仗，困守泮城。

她那时肚子已经七个月大了，坐着汽车去前线找他。路上颠簸，她几次见了红，却咬着牙忍着，一边看地图一边哄着肚子里的孩子："善善，你得听话，咱们要去救你爹的命，乖。"

泮城是顾军的大本营，没了泮城，顾军的气数也要尽了。她三日没睡，终于赶到了泮城司令部。

接连败仗，整个司令部都是阴沉昏暗的，只有一抹素白的光。但那不是光，是一个穿着素白旗袍的女孩子。她身姿纤弱，却十分貌美，正持着一把伞站在院子里，满脸忧愁。

她就是费雪柔，大学校长费齐良的第三个女儿，是时年社交场上有名的美人儿，从英吉利留学回来便做了顾广青的秘书。

顾广青从里屋走出来。那时他尚是个小公子，也刚从国外学美术回来，即使穿了军装，也掩盖不住少年的清雅俊美。

他并未瞧见金采鸢，而是非常自然地走到费雪柔身旁，接过她手中的伞，问："怎么不在屋里待着？"

"听着枪声，我有些怕。"

"别怕，"他温柔地笑道，"有我呢。"

雪花无声无息地飘落着，两个人站在一起的样子十分缱绻，可惜观众只有一个扶着墙站着的臃肿孕妇。

金彩鸾自嘲地笑笑，轻声唤了一声："晏卿——"

那是顾广青的字。

之后便是昏天黑地的军事会议，等开完的时候，院子里的雪已经积了一尺，顾广青匆匆去前线指挥，费雪柔是他的秘书，自然也跟着去了。

金采鸾看着他们的背影，慢慢倒在椅子上。那么冷的天，她却如同从水里捞出来的一样，满头满脸的汗。她抓着旁边的宫爷爷小声说："找产婆来……我怕是……要生了。"

漫天的雪花纷纷扬扬地飘落，前线的炮火不断照亮着天空。金采鸾歇斯底里地叫着，在痛到濒死之际，她看到了许许多多画面。

有小的时候，玛法（满语，指祖父）把她抱在怀里，教她唱戏："海岛冰轮初转腾……"

有刚来到顾府时，顾夫人牵过她的手给她戴上镯子，轻轻说："在这儿好生待着，不用看谁的脸色过日子。等你长大了，你便是这顾府的夫人。"

还有顾广青学成归来的场景。他穿着西装，阳光从他肩膀上透过来，像是那些耀目的岁月。他跪在天井，道："父亲打死我吧，权当没养我这儿子，但和阿姐成婚，绝无可能。"

金采鸾抬起头，一滴汗水顺着下巴流了下来。与此同时，外面的枪声也停了。少顷，震天动地的欢呼声响彻了司令部。

"我们赢了！我们赢了！顾军赢了！"

在这举城欢庆的时刻，僻静的院落里，金采鸢生下了她的女儿。

"夫人……是个小小姐。"

宫爷爷哄着那个哭闹不休的孩子，又是高兴，又是惋惜。

那个软软的孩子被塞进金采鸢怀里，她疲倦地笑了，轻声说："女儿有什么不好，以后多生几个，老王府就回来了。"

04 ✦

苏军和沈军的交火还在继续着。

苏军的大队人马都围着金采鸢所乘的马车，没人顾得上先前俘虏的老幼妇孺。谁也没有想到，那两个本应老眼昏花的老人突然挣脱了绳索，夺枪、开路，一气呵成。而那孕妇——那根本不是孕妇——她用身体护着那个男孩，跟着那对老人疾驰。

沈军不知道他们是谁，而等苏军反应过来之后，他们早已跑出射程范围。只见老头背着男孩，老太背着"孕妇"，如两只诡秘的猿猱，几个纵跃就没了踪影。

那个"男孩"一路都乖巧得仿佛不存在，只有这一刻，突然回头凄厉哭喊道："妈——"

金采鸢手里把玩的一小颗盐津乌梅滴溜溜地落在地上。在震耳欲聋的枪声中，她什么都听不到，却无端地长舒了一口气。

成了。

轿帘被猛地拉开，苏元凯满脸是血，仿佛是一只从地狱爬上来的厉鬼。

"你故意的！"他咬牙切齿地说，"你故意要那么多护卫队！你故意引起沈军的注意！就是要趁我们交火时放他们走！你知道我折损了多少兄弟吗？"

他再也没有什么绅士风度，一把拉起金采鸾的衣领，声嘶力竭地吼："他们是谁？！说！"

金采鸾笑了，她是真的痛快。

"苏二爷问谁？那老头是当年老王府的第一高手，宫天源。扮老太太的是顾广青身边的白副官。扮孕妇的虽没什么名气，但你认识，叫费雪柔。"

"那男孩……那孩子……"苏元凯浑身都在颤抖。

金采鸾挣脱开他，细细地整理自己的衣领，笑得妖媚："那不是男孩，是我的女儿，未来顾军的女司令，顾慎善。"

05

沈军大概并未得到什么切实消息，所以他们遭遇的只是沈军一个放哨的小分队。苏元凯轻装疾行，很快就离开了辽城。

这一路上，苏元凯再也没有主动和金采鸾说一句话。

前方线报，顾军兵临城下，凉州城一旦沦陷，苏家将退无可退。苏元凯虽然兵行险招绑架了金采鸾，但并没有什么把握顾广青会为了金采鸾妥协。毕竟这两个人，是有名的怨偶。

但顾慎善就不一样了，至少在当下，她是顾广青唯一的血脉。对顾家、顾军而言都意义非凡。

然而，人都在他手里了，竟然活生生地被放走了。饶是冷静如苏元凯，也忍不住气得冒火。

怪谁？怪探子没报上来金采鸾是带着孩子来泮城的？还是怪金采鸾这个该死的女人，慌是慌、怒是怒，演起戏来跟真的一样？

"苏二少爷想到攻泮城已经是奇招了，不用为难自个儿。"金采鸾心情极好，拈一枚盐津乌梅放进嘴里，"你逮着我们善善也不过是一件军功，而她是我的命，我拿命跟你拼，你能赢吗？你能赢就怪了。"

"你不要吐得哪里都是。"苏元凯冷道。

"哟，嫌弃我啦？不是你小的时候跟着我叫阿姐的时候了。"金采鸾竟有了叙旧的心情，"那时候你是个小胖墩，看谁吃东西就凑上去，为这毛病你大哥没少打你。你最喜欢跟着我转悠了，宫爷爷给我装的盐津乌梅，咱们俩一人一个地吃。"

苏元凯咬牙笑了笑："顾夫人，凉州城马上就到了，你最好祈求菩萨保佑，顾司令有了那姓费的小情人还能来救你，要不然我们苏军的刑房可是等着你呢。"

他扳回一局，等着金采鸾还嘴，可她竟没有再说话。

许久之后，她掀开轿帘，望着不远处凉州城巍峨的大门，轻声道："他会来救我的。"

06

凉州破城前一天。

"宫老爷子，我刚才在会议上说得很明白了，不可能。"

顾广青坐在案头，看也没看跪在地上的老人一眼，白炽灯将他的面容映得有几分冰冷。顾广青已经褪去了少年时那种精雕细琢的秀美，成长为一个不折不扣的铁血将军。

宫天源慌了，他不住地磕着响头："老爷，夫人命也不要，把善姐儿和费小姐毫发无损地给您送回来了，您得救她啊！她是您明媒正娶的顾夫人，您……顾家不能不顾她死活啊！"

"顾家？"顾广青冷道，"我已经为了顾家娶了她了，还要为她放弃这大业不成？"他声调提起来，不怒自威，"张副官，把宫老爷安顿好！不然我连同你一起军法处置！"

几个兵上来把老爷子拖走。曾经叱咤风云的一代高手，如今也不过是个涕泪交横如软泥一般的老人罢了。被拖走的时候，他突然提高了嗓门，号啕道："王爷！奴才该死，奴才没护住小格格……"

副官小心地凑到顾广清身边，道："若是宫老爷子寻了短见可怎生是好？夫人向来看重他……"

顾广青嗤笑道："他要是那么有出息，也不会在顾府倒了二十年夜壶。"

顾广青处理了半晌军务，才发现张副官仍然在一旁毕恭毕敬地立着。他一皱眉，问："怎么了？"

"属下该死，属下知道有句话不该说，但是探子报，苏二爷和夫人的马车马上就要进凉州城了，一入城恐怕……"

"入城怎么了？难道他们还敢把她怎么样不成？"

"不，不是……"

"那你还不快走？"

"是！"

副官走了，顾广青独自一人处理军务到半夜。结束的时候，他摘下眼镜，将一张纸封入信封当中。

那是一张草拟的和离书。

"阿姐，你知道的，我身上担着的是十三城百姓的性命。这是你教我的。"灯光下，他兀自笑了，"成大事者，不可耽于儿女情长。"

07

十年前的午夜，一辆汽车在泮城的大街上疾驰着，最终停在了有名的花凤凰舞厅。

顾广青就住在那里。

那时候他风华正茂，刚留洋回来，是个万中无一的俊雅公子。姑娘们殷勤地围绕在他身边，看他一杯一杯地喝酒，却不敢靠得太近。

顾家家风极严，莫说顾广青这样的长房嫡子，就连亲戚旁系都不敢涉足风月场所，顾广青也是被父亲逼得狠了，才出此下策。

他从西方留学归来，见识了和中国完全不同的美术形式，带了满腔热情，想把西方的油画技术带回来，也想让中国的工笔画走向世界，可回应他的，是父亲兜头的一个耳光。

"你的使命只有一个，就是回来给我当兵！以后继承顾军！娶采鸾！旁的你敢想，我就敢打死你！"

"你打死我吧，我做不到！"

顾广青醉醺醺地靠在沙发上，也没留意台上的歌声不知道什么时候停了，舞厅的人分作两半，留出一条路来，一个女子带着几个兵朝这边走过来。

她穿着一身旗袍，却披着黑色的貂皮大衣，几步路走得虎虎生威。

到顾广青面前，她拿起一瓶酒，在众女的尖叫声中兜头倒下来。

"醒了吗？"灯红酒绿中，她的面容极冷。

顾广青猛然跳起来："金采鸾你干什么？！"

"醒了就能说话了。"她回头吩咐道，"把少爷的客人请出去，我和他有几句话要说。"

"是。"

作陪的也是泮城有名有姓的纨绔公子，此时一声未吭，灰溜溜地跟着士兵们走了。

金采鸾坐到对面，点了一支雪茄，顾广青这才发现她的手在发抖。

她比他大，最喜欢笑眯眯地欺负他，他从未见过她这个样子——她似乎用全部意志克制着自己不拔出枪来崩了他。

到底年轻，顾广青不安起来。他打小就怕她，嗫嚅着说："阿姐，我不是那个意思，包办婚姻是不幸福的，更何况你是我阿姐啊！我，你，都该和自己爱的人结婚。"

听到要和她结婚，他就有一种乱伦的罪恶感。

"爱的人？"

金采鸾吐出一口烟圈，冷笑起来："爱？你懂什么是爱？跟你吟几首诗是爱？跟你跳几支舞是爱？顾广青，你知道你今晚喝的酒，是泮城一个普通人家多久的嚼用？你一掷千金的豪气，是顾家给的。你所谓的才华，是顾家用真金白银堆出来的。没有丰衣足食养尊处优，谁会爱你？啊？"

顾广青目瞪口呆地看着她，他一直以为她只是个什么都不懂的旧式女子。

255

"这四年，你去追求艺术了，你知道我们过的是什么日子吗？如履薄冰。别说姨父作为总司令，就连我，自从开始接触军务以来，我没睡过一个好觉。"

她抹了一把脸，把烟熄灭在酒杯里。

她红着眼，这是顾广青这辈子第一次看到她如此狼狈。

"姨父死了。"

她干脆利落地说。

人在过于震惊的时候，是感受不到悲伤的。顾广青站在那里，只觉得脑子里阵阵嗡鸣："你说什么？父亲怎么了……"

他转身就要冲出门去，被她一把拦住。

"不能去，不能让任何人看出来我们乱了。"金采鸾咬着牙，死死地盯着他，"就是你闹着要恋爱自由的时候，就是你在这儿拿顾家的名声逼着姨父服软的时候，姨父在普遥路被人暗杀了。"

"不，不，为什么？"顾广青脑子里全是乱的。

"姨父临终前告诉我，让我无论如何护你周全。我在渡口安排了船，行李、钱都准备好了，你今天就走，去你的美利坚意大利，搞你的艺术。从此之后，顾家是死是活，跟你没有关系。"

她抬起下巴，眼睛里有两簇火苗："还有一条路，直接跟我回指挥部继任总司令，扛起你顾家长子的责任！从此，跟你的什么劳什子艺术，什么儿女情长一刀两断！"

"我不知道，我需要时间……"

"没有时间！姨父去世的消息锁不了多久，苏军可能就在下一刻兵临城下。你再跑，来不及了。"

她逼近他，厉声道："选！"

08

老帅遇袭，苏军趁机攻城，顾军严防死守，苦战了三天三夜，终于打退了苏军——这归功于顾少帅第一时间来到指挥部，稳定军心。

炮火的余烬如同一场灰黑色的雪，满地都是鲜血和尸骸。城楼上，顾广青如同虚脱了一样坐倒在地上，仰头看着天空。金采鸢走过来，坐在他旁边。

"……这就是我的下半生吗？"他失魂落魄地说。

"是的，我们的下半生。"

顾广青惨淡地笑了，问："婚礼定在什么时候？"

"下个月初六。"

"好。"

胜利的欢呼声与收尸人的哭喊混杂在一起，让这个世界显得荒诞而孤寂。金采鸢抬起手，让顾广青的头靠在自己的肩膀上。

"阿姐。"

"嗯？"

"若我不来，你一个人会赢吗？"

"你都逃了，我拿什么让将士们为泮城拼命。"

"那你会怎么样？"

金采鸢目光悠远，仿佛越过阴沉的战场，看到了红墙绿瓦的某个地方。

"我玛法怎么办，我便怎么办。"

很多很多年前，金采鸾还不叫金采鸾，她叫爱新觉罗·采鸾，住在京城毛三街的童王府里。父亲成贝勒在庚子事变的时候牺牲了，没两年母亲忧思成疾，也去了。她跟着行伍出身的老王爷长大，老王爷打了半辈子仗，革了半辈子命，到头来也不过是赋闲在家，养孙女玩罢了。

在她十岁那年，乱军入京，清帝退位，一时之间，满街都是收拾铺盖往远处跑的八旗子弟。老王爷老病，自知无力回天，带着一家子妻妾要殉国，临到了到底不忍心，让王府的忠仆宫天源和齐嬷嬷把孙女送走。

"送去顾家吧。那是个忠厚的人家。他们手里有兵，起码能护这孩子周全。"

老王爷把家中所有值钱的都给孙女带上了，怕她冷，临走的时候还给她裹了自己的貂皮大氅。小孩尚不懂事，从大氅里探出头来问："玛法，你怎么不同我一起走啊？"

老王爷说："玛法老啦，老得不愿意动了，你自个儿玩去吧。"

她咬着糖葫芦，在宫爷爷背上挥手："那你等我回来哇。"

老王爷含笑着点头。

在那个阴沉沉的冬天，她无忧无虑地骑在宫爷爷脖子上，被人潮裹挟着朝她的命运走去。而她的家就在身后，火光漫天。

顾老爷曾是西南督军，在这样的乱世中韬光养晦，保全了家族。后来，坐拥西南十三城，雄霸一方。

顾老爷是老王爷的兵，顾夫人和金采鸾的额娘又是手帕交，所以理所当然地收养了金采鸾，把她和大儿子顾广青一同教养。可是金采鸾在顾家却并不十分开心。有一次下人欺负她，她哭着去找宫爷爷："我们回北京去！找玛法，用鞭子抽他！"

宫天源的脸皱在一起，抱着她哄劝："小格格，王府没了，以后好生在顾家待着，别说这个话了。"

"为什么？"

"因为打仗。"

她躲在被子里咬着牙，想以后要学打仗，打最厉害的仗，这样就能回北京，把玛法找回来。这时候，被子外传来一个奶声奶气的声音："阿姐，你怎么哭了呀？你也怕黑吗？"

掀开被子，小小的顾广青趴在她床头瞧着她。

"我想我玛法了。"

"等我长大了，带你回北京去看他。"顾广青上来，小手给她擦眼泪，小嘴一瘪，"阿姐，你别哭了，瞧你哭我也想哭。"

她破涕为笑："你哭什么哭！姨妈还以为我欺负你！"

那时候顾广青就已经是个多愁善感的小哭包。他喜欢画画，喜欢读诗，踩着个蚂蚁也要难受个半天。金采鸾时常想，如果是个和平年代，他恐怕真是个厉害的文人——他天生就有那种多愁善感的气质。

可惜没有如果。

09

凉州破城前十二个小时。

凉州城有一座香火鼎盛的庙，叫观落寺。苏大帅上了年纪之后，就时常来寺里坐着，一坐就是一下午。

"人老了，总是信神佛。这一辈子作孽甚多，也不知道菩萨能不能宽恕我。"

"您哪里老了，春秋正盛呢。"

金采鸾和苏大帅坐在寺庙的院子里喝茶，苏元凯在一旁亲自泡了老君眉。

"凉州城一旦被攻陷，苏军也没几天的活头了，这是我的报应……可是元杰和元凯……咳咳咳咳……"苏大帅剧烈地咳嗽起来，苏元凯连忙上前替他拍背。

这世道不争便只有死路一条，金采鸾对他倒没什么怨愤，只是想起小时候时局尚稳当，她随着顾家来给苏大帅贺寿，瞧着他的样子活像只大老虎，还和顾广青咬耳朵："你看苏伯伯，是不是老虎成了精的？"

现在，那只威风凛凛的老虎也老了。

苏大帅喘匀了气，一双浑浊的眼睛定定地瞧着她："我这一辈子，没服过谁。老王爷算一个，你算一个。"

金采鸾讪笑："我算什么，一介女流罢了。"

"虎父无犬女，童王府都是一等一的将才。当时顾帅死了之后，我还以为顾军就完了。顾广青懂什么？他一个画画的。可是我忘了还有你。"苏大帅感慨道，"你若是个男孩，这样的出身，这样的谋略，是难得的将才。"苏大帅又大声咳起来。

"苏伯伯，院子里风凉，我们进屋吧。"

"不妨事，不妨事。"苏大帅摆摆手，抬眼看她，"我派人和顾司令谈了，他退兵三里，换你一条命。他拒绝了。"

山风呼啸而过，卷起了堂前的枯叶，金采鸾垂目，不动声色。

"如今，他羽翼丰满，已然用不上你啦，听说旁边还有个红颜知己……男人嘛，皆重色，何况那小子是有名的情种。我早就预料到了，他不会救你的。"

金采鸾微微一笑："那苏伯伯准备怎么处置我呢？"

"谈什么处置不处置呢？我说了，你不是普通女人，我佩服你。如今苏军气数已尽，元杰是个性子仁弱的，元凯倒是个好苗子，但是年轻冒进。我啊，闭不上眼睛。"

苏元凯低头为他斟茶，苏大帅看了他一眼，慈祥地一笑："元凯，你还记不记得你七岁的时候，求着我们上顾家提亲，要把顾家阿姐娶回来。后来顾司令结婚的时候，你在家里闹了好大一顿脾气，说这辈子不娶女人？"

"爹！"苏元凯这一惊非同小可，"您说这个干吗？！"

苏大帅笑起来："这不是闲聊嘛。臭小子，别说你爹不疼你，当年我真是派人去顾家提过亲，奈何顾帅说你和采鸾年纪相差太大，不同意。可是你看，这缘分啊根本就不在这年龄。"

金采鸾笑出声来："苏伯伯，您这思想还真是年轻人都赶不上……"

苏大帅却慢慢地收敛了笑意："我没开玩笑，元凯房里干净着，你若嫌他年纪小，我可以立刻让元杰休了他夫人。只要你做我苏家的人，我死了也能瞑目。"

金采鸾也收敛了笑容，轻声道："我成了苏家的媳妇儿，顾家的布防、武器、军事机密，也成了苏家的了。"

"呵，"苏大帅笑着摇头，"在你被元凯捉住的那一刻，那些就已经成了苏家的了。我们有三十六座刑房，别说你了，就是铁打的汉子也扛不住。"

古刹红墙下，两个人隔着茶盏对视着。

一个是没了牙的老虎，只剩下阴毒和狡黠。

一个是始终微笑的女子，没人知道她在想些什么。

堂前菩萨低垂妙目，冷眼看着这人间。

一言不发。

10

凉州破城前十个小时。

金采鸾和苏元凯下山的时候买了一份报纸，顾司令的和离书登报了，不日将娶新妇。

"瞧吧，白辛苦一场。"苏元凯平淡地说，"但我没想到，他能绝情到这个地步。"

金采鸾平静地把报纸对折，再对折，轻声道："你只知道我们从小一起长大，没有爱情也有亲情，却不知道，他恨我呢。

"他恨我把他的梦想斩断了，把他变成了他最讨厌的样子。所以他不救我，他用我的方式报复我。"金采鸾疲倦地笑着，"不能因私情忘大义，贻误战机，是我教他的……"

几日前，她是明艳女子，沦为阶下囚，尚语笑嫣然。现在虽仍是妆容秀丽，却无端地疲倦苍老起来。

她以手支着腮，轻声说："我想我玛法了，我还记着我玛法送我出门的时候，我想再同他挥挥手，可是冰糖葫芦太好吃了，我就忘了。"

她低头一笑，"一晃二十年了，我真想回家看一看啊……童王府有个树洞，里面还藏着我的玻璃球呢。"

就在这个时候，突然有小兵来报："报告参谋长，有顾军特务来袭！已被击毙！"

苏元凯看了一眼金采鸾，道："是他派人来救你了，可惜无用。"

"不是，他不可能这时候派人来。"金采鸾说着说着，笑容突然僵硬在脸上，然后站起身来疯了一样跑到外面。苏元凯从未见过那样的金采鸾，她瘫坐在地上，面前是一个老人的尸体，黑色的血已然干涸了。

他是个太监，一手轻功独步天下，是当年王府里的第一高手。可是他人生的大半岁月，都是在顾府里觍着脸看门、倒夜壶度过的，因为他要护着他的小格格。

"宫爷爷……"

金采鸾颤抖着伸手去碰他，却被苏元凯拉住了。

苏元凯吩咐手下："把尸体处理了，检查周围，小心有埋伏。"

他没想到的是，金采鸾突然歇斯底里起来，她在他怀里疯了一样地挣扎："宫爷爷！宫爷爷你起来！你不怕我受欺负吗？他们现在都在欺负我啊！你睁开眼睛看看啊！"

老人一动不动地躺在那里。

二十年前，他曾经发过毒誓，就算剩了最后一口气，他也要护着小格格。

现在，他的最后一口气，没了。

苏元凯一边制止她挣扎，一边示意士兵停下："你冷静一点，阿姐，你冷静一点！"

　　她却没法冷静，双目通红，歇斯底里地吼着："顾广青你个没良心的，你答应过我要保护好王府的人！你怎么可以让他来送死！"

　　离开北京的时候，她咬着糖葫芦，没有哭，她想让玛法看着她，好好地离开。

　　在顾府被欺负的时候，她没有哭，哭了，就是输了。

　　姨父姨妈死的时候，她没有哭，因为她要照顾好晏卿。

　　被俘虏的时候、顾广青休弃她的时候……她都没有哭。

　　可是现在她哭个不停，像是要把这半辈子的委屈都哭个干净。

11 ✦

　　凉州破城前五个小时。

　　入夜了，苏元凯从外面回来，问守卫在门口的小兵："阿姐怎么样了？"

　　"顾夫人哭累了就睡了，现下醒过来了。"

　　苏元凯进去的时候，发现她斜倚在窗口，在吃一盘盐津乌梅。见他来了，金采鸾便笑了："接我去刑房？"

　　苏元凯看了她许久，才道："你答应我爹吧，我不想对你用刑。"

　　金采鸾轻声道："你觉得我为什么不答应？"

　　苏元凯道："因为顾家对你有养育之恩，因为你是个传统女子，一女不事二夫。但你我都知道，顾家对你好，一开始只是为了报恩，后来却是想利用你的军事才能。至于顾广青，但凡他对你有一点尊重，也会考虑一下我们的建议，而不是立刻和你离婚。他不爱你，这样的婚姻，这样的丈夫，不值得你守节。"

他耳朵红了，眼神却坚定："但我不一样。我会喜欢你，尊重你。"

金采鸾看着他，错愕地笑了，笑过之后，轻声道："谢谢你啊，虽然挺假的，但这个时候听到这些，我心里高兴。"

她的目光投向对面苏家的驻扎地，轻声说："但是你说错了，不是因为顾家养育了我，我也不是什么三贞九烈的女子。我不答应，只是因为我爱他啊。"

远处的深山中，寺里的钟被敲响，鸟群在夜空中飞掠而过。

"大清亡了，老玛法没了，我在汉人当中活着，是真正的无家可归。然后我就遇到了他，他还是个小孩，却是第一个真心对我好的人。那时候我便发誓，我要守着他，一辈子。是我自己的一辈子，跟他没关系的一辈子。"她喃喃着，嘴角缓缓流下鲜红的血，苏元凯上前一步，把她抱在怀里。

"我的家在好遥远的地方，我终究是回不去了。而他……他以后子孙满堂的时候，还会记得我吗？还会好好地对我的善善吗？"她看着苏元凯，目光温柔，像是透过他看到了很远的地方，"用刑我撑不住的，我要去找玛法和宫爷爷了。你瞧，我说过，我有一百种方式杀了自己，你拦不住的，没吹牛吧。"

"嗯。"

苏元凯一直抱着她，直到她的身体变得冰冷，才慢慢地落了一滴泪。

12

凉州破城前三个小时。

几声枪响过后，顾广青漫不经心地擦拭着手枪，道："一群废物。"

连带费雪柔在内的属下们捂着耳朵，一句话都不敢说。

顾广青兀自去了屋里，继续开会，研究什么时候发起总攻破城。

费雪柔刚想跟过去就被副官拦住了："你最近少在司令眼前晃。自从夫人被俘之后，他性情暴虐得很。"

"可是他们不该死吗？一个七十多岁的老人还看不住，谁都知道夫人最是看重王府的旧人，等夫人回来了司令怎么交代啊！"费雪柔道。

"这都什么时候了，也就你觉得夫人能回得来。"

两人还在争执，就听里面叫："张副官，拿个新地图进来。"

总攻时间定在凌晨，顾广青趴在桌上短暂睡了一会儿，正迷糊的时候，有人走进来为他盖上了一件衣服。

顾广青抬起头，看见金采鸾站在暖黄色的光里，朝他微微一笑："怎么又在这儿睡？待会着凉了怎么办？"

"你怎么回来了？我还没去接你呢？"

顾广青把她抱过来放自己腿上，把头埋在她怀里。

"我怕你不来接我，我可不就自己回来了吗？"

"傻，我怎么会不救你呢？不救谁也不能不救你，你是我老婆，我阿姐，我最亲最亲的人。"

抱着她，很温暖，很舒服。那是他最熟悉最安心的感觉，他轻声说："阿姐，等这仗打完了，我就带你回北京，我不食言。"

金采鸾就笑了，捧着他的脸轻声说："晏卿，这么多年，我逼着你赶着你，你恨我吗？"

"我不恨你，我只恨自己长大得太慢了。若是之前，你落在他们手里，我一定就慌了。可是现在，我不慌，我要为你遮风挡雨。阿姐，以后你就不用这么累了。"

顾广青话一出口，便睁开了眼睛。灰暗的客厅里，只有他一个人。

"阿姐？阿姐？"

他惶然地站起来，又慢慢地坐下来。

白副官已经带人潜伏在了凉州，在破城之际会趁乱把她救回来。

不用慌的，完全不用。以后，他们还有好长好长的路要走，现在演习一下见了她说什么吧。

一定要说的，是对不起。那个月，总和她吵架。

西医说，她生善善的时候伤了身体，以后无法再生育了。听到这个消息之后，她失魂落魄，一连几天，什么都做不下去。

他一开始好好地哄着："阿姐，我一点儿都不在意。我们有善善就够了。"

"又不是你不能生，你在意什么？"她苍白着脸冷笑，自从费雪柔当了他的秘书，她对他一直是这样的态度。

他始终不明白，她为什么对生孩子有这样大的执念，直到他偶然听到了她和宫老爷子说的话。

"我原打算多生几个孩子，教他们说满族话，唱玛法教我的歌，这样我的家就回来了。可是终究是不能了。"

她是满人，在这个没有一个族人的地方，她始终觉得孤单，所以她一直有一个荒唐的想法，生许多孩子，她就有很多族人在身边了。

"你的家就回来了？那我是什么？"他那天发了很大的脾气，"我是你的丈夫，我和善善就是你的家，你还要去哪儿？！"

她虽然从小就爱欺负他，可是大多数时候还是顺着他的，但那段时间她一直很冷淡。

"你不是。"

你已然能独当一面了，随时可以休弃我。日后，你会妻妾成群，子孙满堂。而我呢？除了自己的孩子，我一无所有。

他不能理解她强烈的不安，她也不能理解他的自卑和恼怒。

"你看不起我对吧？你从来就没把我当成你的丈夫！只是为了我爸妈在照顾我！"他咬牙切齿，口不择言，"你有什么了不起的！大清亡了！老王府早就没了！你只有我！你只有顾家！"

话说出口，他便后悔了，抓起衣服准备出去，却被她叫住了："晏卿，你爱过我吗？"

这是她这一生第一次也是唯一一次问这句话。

他处于恼怒中，未答就摔门而去。

后来，听说泮城有个老中医很灵，她突然便有了精神，带着善善和宫老爷子就去了。他懒得管，只吩咐了白副官和费雪柔跟着，白副官是军营里一等一的高手，费雪柔也经受过特务培训，他以为不会出事。

可是偏偏就出事了。他们三个人带着善善回来了，而她却落在了苏军手里。

"你们怎么能把她一个人扔在那儿？！"他目眦欲裂，几乎要掏出枪来崩了他们。

要冷静，不能慌，不能再让她看不起。她在等他，他必须冷静地、完好地把她救出来。

到时候，他要对她说，对不起。

还要对她说，我爱你。

无论你有没有用处，无论你好不好看，无论你能不能生孩子。

我都爱你。

13

破城的第一枪，终于打响了。

顾广青从浑浑噩噩中清醒过来，打开门跑到院子里。

管家慌张地拦住他："老爷！您怎么跑出来了？"

"是破城的枪声响了？我要去接阿姐！"

"是是是，他们已经接到夫人了，您在屋里等着就行了。"

"是吗？那快去准备点吃的，夫人平日喜欢吃的乌梅呢？"

"是是是，您好生待着。"

马上就要见到阿姐了，他们整整分离了五天。这五天他是怎么熬过来的呢？

突然，一声巨大的炮响让大地震颤。

顾广青身子重重一震，许多画面在脑海里纷至沓来。

他冲出门去，大声喊着："谁让你们用重武器的！夫人还在凉州城里！"

没有人顾得上他，所有人都在前线跟着顾师长与日本人作战。

离攻破凉州城的那一夜，已经过了整整二十年了。那一年，顾司令终于破了城，他准备了许多许多道歉的话想和自己的夫人说，可是早在破城前，她就已经自尽了。她觉得他不会来救她，所以，她没有等他。

他抱着那具已经冰冷的尸体发了好久的呆，又仿佛是那个惶惑的少年郎。怎么会呢？那么活色生香的阿姐，就在五天前还在朝他笑，和他吵架，她就在他怀里，怎么就不会睁开眼睛了呢？

他抱着她，一直唤着，对不起，阿姐，以后你说什么，我都听。

可是她不理他了，再也不理他了。

他在那一刻，才终于懂了她的心情。天大地大，无家可归。

14

"老爷子要出了什么事，有你们好看的！"

顾慎善一巴掌把管家打了个趔趄，她是顾军唯一的继承人，最年轻的女司令，后来加入了抗日的阵营。而凉州，乃至整个苏军早在二十年前就已经被顾军绞杀殆尽了。她如今和沈军在共同攻打被日军占据的辽城。

就在战况最激烈的时候，谁也没注意晚年罹患阿兹海默症的顾老爷子突然朝辽城跑去。

"阿姐，我来接你了！"

他满头白发，却笑得如少年一样赤诚："你不要怕，我就来。"

在城门埋着的炸弹即将被引爆时，在机枪声中，所有人都在后退，只有他，跌跌撞撞地向前跑去。

他跑到城门口，看见他年少的爱人正在朝他笑，穿着一身洁白的绸缎旗袍，她说："晏卿，我一直在等你。"

他在枪林弹雨中奔跑着，白发和皱纹还有这些年的痛苦全部消失了，他又变成了那个风华正茂的将军。

　　在破城那一刻，他抱住了她，穿越了二十年的岁月，他终于说出了那句迟到的话："阿姐，我爱你，我怎么会不爱你啊！"

　　什么时候爱上她的呢？

　　年幼时那样斯文瘦弱，第一次跟学堂里的同窗打架，挨揍了还要扯着脖子喊："反正不许你老缠着我阿姐！那是我的阿姐！"

　　在巴黎学画画的时候，一封一封地往家里写信："阿姐，你过得好不好？"

　　不想继承顾军，不喜欢包办婚姻，却在拥抱她的一刻，像拥有了全世界。

　　还有那么多年，那么多年的努力，也不过是因为，不想让她失望。

　　怀里的她抬起头，温柔地说："我知道啊，这些年，辛苦你了，晏卿。"

　　于是，他笑了，听不到顾慎善歇斯底里的喊声，在巨大的火光当中，他变得很轻。

　　半生戎马与孤苦，灰飞烟灭。生逢乱世，美人名将变成了话本子里的传记。

　　至少在那个结局里，他们再也不用分开了。

-END-

图书在版编目（CIP）数据

女配绝地求生 / A小姐主编.

一武汉：长江出版社，2020.7

ISBN 978-7-5492-7024-8

Ⅰ.①女… Ⅱ.①A… Ⅲ.①短篇小说 - 小说集 - 中

国 - 当代 Ⅳ.①I247.7

中国版本图书馆CIP数据核字（2020）第119503号

女配绝地求生 / A小姐主编

出　　版	长江出版社
	（武汉市解放大道1863号　邮政编码：430010）
选题策划	李苗苗
市场发行	长江出版社发行部
网　　址	http://www.cjpress.com.cn
责任编辑	罗紫晨
特约编辑	沈　曼
总 编 辑	熊　嵩
执行总编	罗晓琴

画　　手	甘鼠鼠　阿词	开　　本	880mm×1230mm 1／32
装帧设计	肖亦冰　冯颖	印　　张	8.5
印　　刷	武汉市金港彩印有限公司	字　　数	176千字
版　　次	2020年7月第1版	书　　号	ISBN 978-7-5492-7024-8
印　　次	2021年2月第3次印刷	定　　价	38.80元

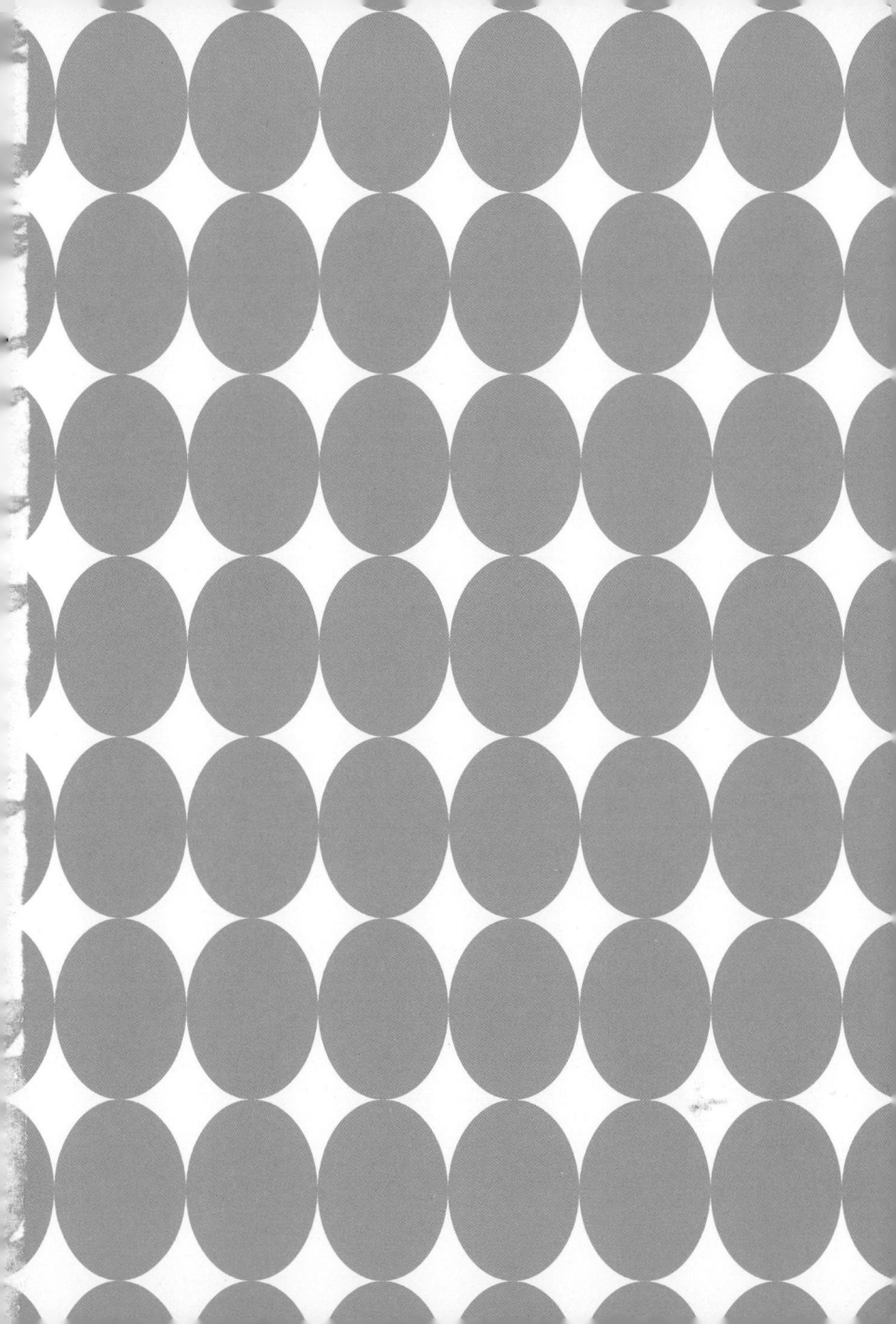

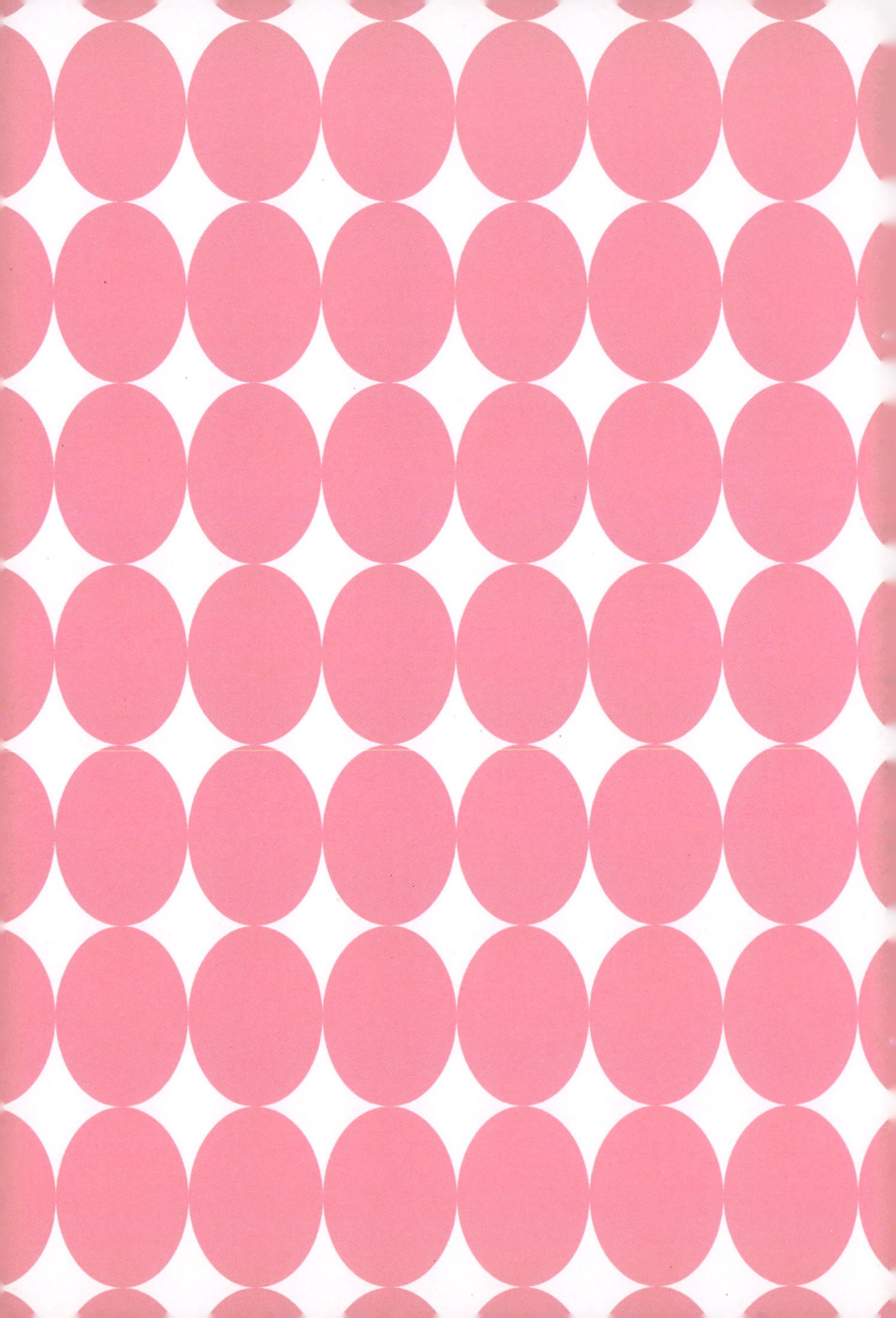